Notre voisin le diable

Du même auteur
chez le même éditeur

Black Cendrillon
Toubab or not toubab
L'Alpha et l'Omega
La Côte des mal-gens

Jean-Claude Derey

Notre voisin le diable

Collection dirigée par
François Guérif

Rivages/noir

Retrouvez l'ensemble des parutions
des Éditions Payot & Rivages sur

www.payot-rivages.fr

© 2014, Éditions Payot & Rivages
106, boulevard Saint-Germain – 75006 Paris

Il s'endormit d'un coup, à la lueur de la bougie. Je finis par me relever pour bien regarder ses traits à la lumière. Il dormait comme tout le monde. Il avait l'air bien ordinaire. Ce serait pourtant pas si bête s'il y avait quelque chose pour distinguer les bons des méchants.

Louis-Ferdinand Céline,
Voyage au bout de la nuit

Pour Edmée.

PREMIÈRE PARTIE

La disparition

J'attends depuis 8 heures du matin. Il est bientôt midi. Au cœur de la saison sèche, le cartable sur la tête, assis sur un talus en face de la villa blanche, de l'autre côté de la rue.

À l'intérieur, pas un bruit, pas une respiration, pas même le cri d'un perroquet qu'on étrangle.

Derrière moi, à cinq cents mètres, le bourdonnement incessant du marché des voleurs, clameurs des vendeurs de bétel, sonnettes des rickshaws, complainte vaine des mendiants sous un ciel vide, chauffé à blanc.

Nithari, mon bidonville, à vingt kilomètres au sud-est de New Delhi. Le trou du cul de l'Inde, si vous voulez mon avis.

Quand Sati a gravi le perron de la villa, elle m'a lancé, J'en ai pour dix minutes ! Une jolie maman, en sari orange, sur son trente et un, qui répond à l'annonce pour ramasser la merde des riches. J'exagère, enfin, un peu, pas tellement.

Urgent : recherche domestique et cuisinière, sérieuses références exigées. Se présenter au Number-5 Noida'Sector 31 chez sir Mohinder Pandher Singh.

Quatre heures cloué à mon talus à subir ce soleil dément qui cogne sur tout ce qui bouge.

La sueur m'aveugle. La maîtresse va encore me coiffer d'un bonnet d'âne. Indira va encore froncer les sourcils, dix-sept printemps, la femme de ma vie, une élève modèle, l'ayatollah du savoir qui me trompe avec le dictionnaire.

« Mon père, plastronne-t-elle, est le plus grand savant de l'Inde ! Qui a écrit des dizaines de volumes sur la vie, la mort, la réincarnation, le big-bang, le grand trou noir du ciel. Je te prêterai ses livres. Tout est dedans. Toutes les réponses à tes questions !

— Sur le fer à repasser aussi ?

— Oui, répond-elle gravement. »

Indira s'invente un passé fantasque. Selon la saison sèche, la mousson, ses états d'âme. De la verroterie pour roi nègre.

Un jour, elle est la petite fille du Mahatma Gandhi. Le suivant ? L'enfant naturelle de mère Teresa. Quand on s'est mieux connus, elle a cessé ses contes de fées. Je te dirai, m'a-t-elle confié, comme un moineau lâche sa crotte.

Tant de savoir dans un crâne. Un jour tu verras, ta tête va se décrocher comme un ananas trop mûr et rouler à tes pieds !

Ça ne risque pas de t'arriver ! réplique-t-elle.

Une beauté caramel élancée, aux seins citronnés qui agacent les dents, taillée pour le patin à roulettes. Elle a pris en main notre avenir enchanté sans me concerter : fiançailles, dot, mariage, trois enfants, séparation, divorce, pension alimentaire.

Nos enfants auront mes longues pattes de héron, décrète-t-elle, et tes maux de tête !

Mon allergie pour l'école l'inquiète. La joue dans sa paume, elle me contemple, aussi désorientée que devant une toile de Picasso.

Et pourtant, tu es intelligent, sensible. Mais à force de collectionner les bonnets d'âne, tu deviendras, qui sait, un grand criminel.

Je hais l'école, le tableau noir, la voix de pie de la maîtresse, ces heures cloué au banc, à ânonner les tables de multiplication, comme les élèves de la médersa voisine qui se balancent en radotant les versets du Coran.

Midi trente ! Pour un entretien d'embauche qui doit durer quinze minutes. J'imagine la scène.

Es-tu propre, Sati ? Combien de douches par jour ? Ouvre la bouche, graaannde ! Montre les dents. Soit. Tu commenceras à 6 heures du matin jusqu'à 22 heures. Ton salaire ? Des clopinettes. Satisfaite ? À prendre ou à laisser. Balaie, encaustique, cuisine, jardine. Au fait, pourquoi gardes-tu ce foulard coincé entre les dents ? As-tu la lèpre sèche ?

Non.

Maman est voilée en permanence, même au lit. Sauf une nuit… Et si des fois, elle ne ressort pas…

Absurde ! On ne disparaît pas comme ça, pour un oui. Dans une des plus belles villas de la périphérie de Nithari.

La sueur me picote les yeux. La villa tangue et roule, sur le point de décoller. Les secondes défilent, le cul plombé sur des béquilles. Dans mon dos, un égout à ciel ouvert, plein de sacs-poubelle, de cadavres d'animaux.

Nithari ? Rien que vallons, collines, dunes, pitons, mamelons de détritus que des camions-bennes déversent sans relâche, dans un incessant ballet. Chiens, charognards, vieillards, femmes, enfants perchés fouaillent avec des crochets, des crocs, des becs, des griffes, des bâtons.

Ce matin-là, en se rendant à la villa, ma mère exultait. Elle, si humble et triste, une muette qui ouvre la bouche à chaque passage de comète de Halley. Sir Mohinder Pandher Singh ? Un richissime industriel, membre du Parti du Congrès. S'il m'engage ? On déménage. Direction Noida, le quartier résidentiel. Fini les soupes d'orties, la misère ! Une nouvelle vie, Apu ! Elle marchait d'un bon pas, le foulard noir masquant sa joue, clignant des yeux comme un oiseau de nuit aveuglé par la lumière du jour.

On vit depuis deux ans dans un cube de béton au toit en tôle ondulée, avec les dix mille tonnes du soleil par-dessus, et des mots de pauvres. Passe-moi le sel, à défaut de dire je t'aime. Jamais une caresse.

Une mère qui vous pond au bord du Gange et aussitôt vous oublie. Et qui revient treize ans après pour vous récupérer comme un colis égaré.

Le rideau de velours rouge frémit, un œil noir, tapi derrière la fenêtre. Le marchand de sorbets pédale en trombe vers l'école. Indira doit s'inquiéter.

Tu as encore séché les cours ! La maîtresse est très en colère ! Je ne veux pas d'un mari ignare qui confond les étoiles avec des trous de mite dans le ciel ! Une devinette : que signifie mon prénom, Indira ? Un caractère affirmé, indépendant, énergique, volontaire.

Autoritaire, elle entend gérer ma vie. Ça t'effraie ? J'en suis ravie !

En Iran, on t'aurait déjà pendue, je marmonne.

J'aime son rire en cascade, quand elle renverse la tête et boit à la régalade le bleu du ciel.

Je pousse le portail en bois sculpté de divinités, Shiva[1], Kali[2], Ganesh[3], le bienveillant à tête d'éléphant. Je me glisse dans l'allée de gravier, grimpe les trois marches en marbre du perron.

Je redescends avec précipitation, contourne la maison à un étage, traverse le verger de citronniers

---

1. Shiva : dieu hindou, un des membres de la Trimoûrti, avec Brahma et Vishnou. C'est le dieu de la destruction, des illusions, de l'ignorance.
2. Kali : dans l'hindouisme, la déesse du temps, de la mort et de la délivrance. Mère destructrice et créatrice.
3. Ganesh : le dieu-éléphant. Un des dieux les plus populaires de l'hindouisme. C'est le dieu de la sagesse, de l'intelligence et de la prudence.

en fleur, découvre, à l'arrière, un portail ouvrant sur un terrain vague, et au-delà, Noida. J'appuie sur la sonnette. Je suis sur le point de m'enfuir lorsque la porte s'ouvre. Un domestique surgit, sûrement l'œil noir derrière le rideau rouge du salon.

« Qui es-tu ?
– Apu.
– Pourquoi tu rôdes ?
– J'attends maman…
– Tu risques de l'attendre encore longtemps ! » s'esclaffe-t-il.

Ses ongles se plantent dans mon épaule.
« Dis-moi. On s'est pas déjà vus ?
– Oui… Au marché des voleurs… »
Il rétracte ses griffes, me glisse, complice :
« Ta mère est repartie depuis longtemps.
– Mais…
– Drôlement heureuse ! Mon patron l'embauche. Elle commence demain.
– Je ne l'ai pas vue ressortir… »

Il me dévisage avec attention, son nez près du mien. Avec sa face ronde, ses yeux noirs, rusés, un regard qui glace : un aller simple pour l'enfer, sans passer par le purgatoire. Ses moustaches fleuries rebiquent en croc, tels des dards de scorpions, sur les joues pleines. L'homme est court, râblé, la trentaine grassouillette, un chien de garde qui mord avant d'aboyer. Ses longs cheveux ondulent en accroche-cœur sur un front bombé, têtu.

« Tu étais assis devant. Tu ne l'as pas vue sortir, forcément. Elle s'est faufilée par-derrière, pressée de se rendre à Noida. »

Je retourne m'asseoir sur le talus.

Le domestique ouvre brusquement la fenêtre :

« Qu'est-ce que tu cherches ? Tu veux que mon maître renvoie ta mère ? Fiche-moi le camp !

— Ma mère n'est pas ressortie ! je crie. Ni par-devant, ni par-derrière ! »

Il est déjà sur le perron. Il se racle la gorge, trois fois, *crescendo*, un son curieux, bien à lui. Une incisive en or luit au milieu de sa grimace. Je recule tandis qu'il marche sur moi.

« Quel âge as-tu, Apu ?

— Quinze. »

Il m'offre sa main.

« Je m'appelle Koli, on est harijan[1], toi et moi, tombés du même ventre pourri. Notre ombre souille les autres castes. On ne va pas se disputer, dis ? »

Je recule encore en lui faisant face.

« Maman est dans la villa…

— Mon maître lui a conseillé de passer par la porte de derrière. Vous traversez le terrain vague et serez plus vite rendue à Noida. Comment dois-je te le chanter, en ourdou, en chinois ?

— En pygmée, s'il te plaît. »

Il rit, un son bref, aussi désagréable qu'une roulette de dentiste. Puis, ses mains sur mes épaules :

---

1. Harijan : caste des intouchables en Inde. En voie de disparition.

19

« Tu me crois maintenant ?
– Non. »
Pointant l'index vers le portail :
« De quelle couleur, Apu ?
– Marron.
– Faux. Observe mieux : il est vert. J'attends.
– Aïe, vert. Tu me fais mal ! »

Il disparaît à l'intérieur de la maison. La porte claque. Je viens de passer sans transition de l'autre côté du miroir. Rien ne sera jamais plus comme avant.

Mais je ne le sais pas encore…

« C'est très grave, dit enfin Indira après m'avoir écouté. Où as-tu cherché Sati ?

– Partout. À Nithari, à Noida, à l'hôpital. Personne ne l'a vue. Aucune trace. Sati est entrée dans la villa et pfft ! »

On boit le thé brûlant à la mode russe, en le versant dans une soucoupe, un sucre entre les dents, à petites gorgées.

« Sati est encore à la villa, conclut-elle, une ride en travers du front. Le domestique t'a menti. Supposons. Elle sort par la porte de derrière, tu l'aurais tout de suite repérée. Retournons là-bas.

– Koli me fait peur...

– On exige de voir sir Singh et pas son chien de garde ! »

Moi, je ne suis pas très chaud. Que va-t-il nous apprendre de plus ? J'ai bien reçu ta mère, je l'engage, elle commence demain. Et puis on risque de faire du tort à Sati lorsqu'elle réapparaîtra...

« Tu as raison », convient Indira, drôlement futée, qui aurait pu inventer le fer à repasser.

Grâce à elle, l'espoir revient au galop. Avec son regard-laser qui débusque vos petits et gros défauts, qui a tout saisi de l'Homme : sa frileuse lumière et surtout ses ténèbres.

Je rumine tout ça, convaincu qu'elle va dénouer ce mystère avant minuit.

« Tu pourrais devenir la plus grande détective du pays ! je m'écrie. Moi-même, tiens, menotté en face de toi, j'aurai avoué tous les crimes que je n'ai pas commis ! »

Indira éclate de rire. Allongée sur le lit, elle note les noms de sir Mohinder Pandher Singh, de Koli, dessine la villa à un étage, l'égout en face, le château d'eau à droite, qui surplombe la maison, et plus loin, sur la gauche, le pont en bois qui enjambe le drain. Elle note l'heure où Sati a pénétré dans la villa.

« Depuis ton talus, tu es sûr d'avoir une vue plongeante sur l'arrière de la villa et le terrain vague ?

– Et même jusqu'à Noida ! »

Indira se concentre sur ces données, telle une élève absorbée par le difficile problème des deux trains qui se croisent entre Shrinagar et Calcutta. Calculez l'âge du chef de gare de New Delhi.

Par quel bout saisir ce mille-pattes… Et Sati, avec son passé si mystérieux, son voile noir, ces fantômes qu'elle fuit…

Indira sent mon regard sur elle, lève les yeux, sourit, un arc-en-ciel sous la pluie.

« Pourquoi me fixes-tu ainsi ?

— Tu ne ressembles pas physiquement à ce que tu es vraiment.

— Précision ?

— Tu mériterais une barbe blanche jusqu'aux pieds, à la mode Monte-Cristo.

— Très flattée, sir Apu, vraiment ! »

La nuit tombe. Aucune lumière chez nous, de l'autre côté de la rue. Un chien aboie dans son sommeil, au coin de la cabine téléphonique. Des bruits de pas se rapprochent. Nous cessons de respirer. Ils ralentissent, pilent devant la porte, s'éloignent.

« Nous devons redoubler de prudence, me glisse Indira en servant du lassi[1] et des chapatis[2]. Tu dois changer tes habitudes, Apu. Tu es l'unique témoin de la disparition de ta mère... en danger aussi...

— Mais qui donc ?

— Je ne sais pas encore. Ne tente rien sans m'en parler d'abord. Tu dors ici.

— Dans le même lit ? » je m'étrangle.

Indira acquiesce d'un battement de paupières, puis :

« J'ai le sida, la lèpre, le choléra. Rassuré ? »

Elle disparaît derrière le paravent japonais, se déshabille. Le crissement de soie sur sa peau me rend cinglé. Elle me rejoint, furtive, sous les draps,

---

1. Lassi : boisson traditionnelle indienne, à base de lait fermenté.
2. Chapati : pain traditionnel du monde indien, élaboré sans levain ni levure.

en culotte et soutien-gorge rouge. Un corps de fille qui attend la caresse comme l'herbe la pluie.

Nous demeurons silencieux, allongés main dans la main.

« On pourrait aller à la police ? je murmure, la gorge sèche.

– Malheureux ! As-tu oublié le superintendant RSK Rathore ? Six mois plus tôt, il a crevé les yeux de dix petits voleurs avec des aiguilles à tricoter avant de les asperger d'acide !

– Personne ne l'a dénoncé ?

– On ne s'attaque pas à Dieu le Père.

– Alors on doit accepter notre sort ? je m'écrie.

– Nous allons nous battre. Mais avant, je veux tout savoir sur Sati. Fais-moi lire son journal.

– Non. »

La nuit passe sur nous comme du papier froissé. Indira se love dans mes bras.

« Sati t'a mis au monde à Bénarès et, après t'avoir confié à un oncle, elle disparaît pendant treize ans…

– Pas un signe. À quatre ans, mon oncle me confie à Mahandas, un intouchable, comme moi, mais très riche, et qui fournit en bois tous les bûchers funéraires de Bénarès. J'en entretiens cinq à Manikarnika ghat, avec ses escaliers monumentaux, au bord du Gange. J'ai grandi dans ce monde clos où des centaines de milliers de pèlerins se précipitent pour mourir. Être incinéré à Bénarès donne quelque chance de se libérer du samsara[1],

---

1. Samsara : terme tibétain qui signifie « la roue de la vie ».

le cycle infernal des réincarnations, pour accéder enfin à la moksha[1]... Oui, j'ai vécu treize ans dans cette cité de brume où on vient de très loin pour regarder les dieux dans les yeux. Le soir, je me rappelle, des centaines de petites lampes à huile en argile flottent dans le courant. Je suis une de ces petites lumières qui glisse à la dérive vers un abîme liquide...

— Et un jour, Sati surgit devant toi...

— Je suis en train d'allumer un bûcher funéraire. Elle me dit, je suis Sati, tu es Apu. On s'en va. Dix minutes après, on file en taxi. Après un voyage de trois jours, on débarque à Nithari, dans la maison d'en face. Ici, me confie Sati, on est à peu près tranquilles. Que fuyait-elle et pourquoi ? Elle ne répondait jamais aux questions...

— Je l'aime beaucoup, dit Indira, pensive. Mais elle ne reçoit jamais la visite d'un membre de sa famille, avec les voisins, bonjour, bonsoir, sous son voile, si discrète.

— Le matin, elle entrouvre les persiennes, sur ses gardes...

— Et ce fichu foulard ?

— Une nuit, une bougie à la main, je m'approche d'elle. Elle dort. J'écarte le voile sur sa joue droite... de la chair boursouflée, verdâtre, vitriolée... Je retourne me coucher. Soudain, elle

---

1. Moksha : la délivrance, c'est-à-dire la sortie du monde phénoménal.

murmure : "Plus jamais ça, Apu", en rabattant son foulard.
　– Elle ne t'a jamais dit je t'aime.
　– Si, passe-moi le sel. C'est pareil… »

« Dépêche-toi, Apu, On est déjà en retard ! » me crie Indira. Aujourd'hui est un grand jour, Indira doit faire un exposé sur le Mahatma Gandhi devant la classe. Je traîne. Je sue, dans la fraîcheur matinale. J'oblique dans une autre direction, malgré les cris d'Indira qui cavale à présent, coudes au corps, vers l'école.

À l'entrée du poste, un policier en faction grignote un épi de maïs grillé. Je me glisse dans la cour comme une ombre, contourne le bâtiment lépreux. À l'arrière, une fenêtre grande ouverte.

Assis dans un fauteuil, derrière son bureau, le superintendant RSK Rathore interroge un homme hagard, debout, au garde-à-vous. Je reconnais Gopal, un chauffeur de rickshaw, très populaire à Nithari. Tête basse, il fuit le regard de Rathore, fier et élégant dans son uniforme kaki amidonné, la poitrine constellée de médailles, le béret noir orné d'un écusson incliné sur l'oreille droite.

« Sois bref, aboie le superintendant et fiche-moi le camp ! » Puis s'adressant à quatre policiers, derrière lui : « C'est la troisième fois qu'il vient m'emmerder ! »

Les hommes acquiescent de concert en fusillant des yeux le suspect.

« Lundi dernier, bredouille Gopal, je dépose ma fille Bina, à 8 heures du matin, devant la villa, pour un emploi de domestique...

– Je sais tout ça ! explose Rathore.

– Mille excuses, Votre Excellence ! Bina a disparu... Personne ne l'a plus revue... » Il éclate en sanglots.

« De la tenue, enfin ! grogne Rathore. Tu es un homme !

– Pardonnez, sir ! Son bébé, ses frères et sœurs pleurent, sa pauvre mère se meurt de chagrin...

– Tu vas venir me casser les pieds comme ça chaque matin ?

– Oh non, Votre Excellence ! Je m'adresse à vous comme à Shiva et Ganesh ! Vous êtes si puissant ! Au nom du ciel, vous êtes ma dernière chance !

– Tu es responsable de ta pisseuse ! Ici, c'est le poste de police, pas le bureau des objets trouvés ! Ta gamine a le feu au cul dès qu'une braguette passe !

– Trois jours plus tôt, je vous ai remis toutes mes économies, cinquante mille roupies...

– Comment veux-tu que je lance des recherches longues, difficiles, avec des cacahuètes ?

– Je vous promets cent mille de plus… Je vais vendre un rein, dans une clinique…

– Paie cash, maintenant. Pas dans dix mois.

– Combien… ça va me coûter, Votre Honneur ?

– Hum… Mobiliser trois enquêteurs, un chien policier, louer deux jeeps, des talkies-walkies, pendant six semaines… deux cent mille. J'offre l'essence.

– J'ai dû hypothéquer mon rickshaw pour vous donner cinquante mille…

– Alors dégage !

– Lundi dernier, j'ai déposé Bina devant la villa blanche de sir Singh… C'est là-bas qu'il faut enquêter…

– Sir Mohinder Pandher Singh ? s'écrie le superintendant en se redressant.

– Lui-même. Qui a fait passer l'annonce.

– Oses-tu insinuer que sir Singh, le bienfaiteur de Nithari… »

Les veines de son front palpitent. Il saisit Gopal par le col de la chemise.

« Je n'accuse personne, sir ! » glapit-il. Il étouffe, se débat, tombe du tabouret à trois pieds sous les rires gras des trois policiers.

« Je veux juste signaler sa disparition ! gémit-il en se relevant.

– Tu l'as déjà signalée trois fois. Du vent !

– Je veux un papier officiel, sir, avec signature et tampons… » Un filet de salive s'égoutte sur son menton.

RSK Rathore cligne des yeux à la ronde.

« Tu as encore bu, hein, Gopal ? rugit-il en simulant la colère.

– Pas une goutte, Votre Honneur ! bredouille le chauffeur.

– C'est bien ce que je dis. Pas une goutte mais au moins six canettes de Kingfisher ! Comment oses-tu, misérable, évoquer sir Mohinder Pandher Singh ! »

Paupières closes, le menton sur la poitrine, il chevrote.

« Bina est à la villa... »

Une chaleur poisseuse flotte dans la pièce. Cramoisi, Rathore dégrafe le col de sa vareuse.

« L'homme que tu accuses est le futur Premier ministre du pays ! » Puis cognant du poing sur la table : « Tout le mal que sir Singh se donne pour vous ! Salauds de pauvres ! Vous êtes prêts à vendre vos enfants pour mille roupies !

– ...

– Je pourrai te coffrer à vie pour calomnies ! Prouve-moi d'abord que ta pisseuse de Bina était bien à la villa !

– Mais...

– Méééé ! » chevrote Rathore à la grande joie de ses subordonnés qui bêlent en chœur. Puis, rembruni : « Sir Singh a déjà tant fait pour vous ! Latrines publiques, château d'eau, fontaines, rues asphaltées... En octobre, il sera élu. Il rasera toutes ces montagnes d'ordures ! Avant ? Vos femmes puisaient l'eau au fleuve, à trois kilomètres. Du matin au soir, vous assiégez sa villa. Mille roupies, sir Singh, pour des médicaments, du riz, de l'huile, des habits ! À mendier sans vergogne ! Regarde-moi, nom de Dieu ! Ta pisseuse Bana…

— Bina, Votre Honneur…

— Tu l'as sûrement bradée au quartier des Lumières, à Delhi, contre une caisse de bière. Une fraîche en bouche comme elle, seize printemps, ronde comme une pomme, bandante sous toutes les coutures. »

Les policiers ricanent, les pouces glissés sous le ceinturon.

« Tout le monde sait que tu es un vieux maquereau.

— Moi, sir ?

— Chaque fois que ta Bila écarte les cuisses, tu passes à la caisse ! Moi, je l'ai vue hier soir encore, tapiner sur le périph.

— Nous aussi, chef ! pérorent les policiers.

— C'est impossible, articule Gopal.

— Mettrais-tu en doute mes paroles ?

— Non chef, mais…

— À t'entendre, je suis un menteur ? et mes hommes aussi !

— Oh non, chef !

— Entre nous, ma charogne, si c'était toi…

— Quoi, Votre Excellence ?

— Qui dépucelle tes gamines ?

— Comment ? s'étrangle Gopal.

— Tu te vantes dans les cafés ! J'ai des témoins ! Je t'ai entendu même déclarer : Il vaut mieux que ce soit moi qui les initie plutôt qu'un petit salopard !

– Qu'est-ce que vous dites ? Gopal vacille, en proie au vertige.

– Tu es toujours ivre. Un beau petit cul comme celui de ta Bina ? Tu ne craches pas dessus, hein, ma charogne !

– Salauds de pauvres ! éclatent les flics en chœur.

– Pourquoi vous me parlez comme ça, chef ? Je veux juste un papier...

– Si tous les habitants de Nithari étaient comme toi ? Il y a longtemps que j'aurais démissionné ! »

Les trois policiers resserrent leur cercle, en caressant leur matraque. Un vicieux à remettre à l'endroit, qui irrite le superintendant... Un dégoûtant qui transpire comme si l'équateur passait au-dessus de sa tête.

« Je n'accuse personne, Votre Excellence. Au nom du ciel, enregistrez juste ma déposition... »

Les poings sur la table, Rathore se redresse. Sa large face s'éclaire d'un sourire rusé.

« Veux-tu connaître la vérité sur Bouna, mon cher Gopal ? »

Ce dernier opine, sur ses gardes.

« Tu as assassiné ta fille. Voilà ce que je pense. Voilà ce que je dis. Je témoignerai aux assises, avant d'assister à ta pendaison.

– Mais... Votre Honneur... pourquoi...

– Bila ? Une bouche en trop à nourrir. Bientôt le mariage. Mais où trouver la dot ? Hypothéquer ton rickshaw ? Il ne vaut pas un clou. Alors, couic ! Plus de dot à payer, plus de créanciers, tu échappes au suicide. Mais voilà, tu as besoin d'une déposition pour justifier sa... disparition, c'est bien ça ? On te cherche des poux ? Tu brandis le document de la police. À qui profite le crime ? »

Rathore balaie d'un regard dégoûté son bureau sans ordinateur, juste une vieille machine à écrire poussiéreuse, ses policiers débraillés, des brutes.

« Salauds de pauvres ! grommelle-t-il. Que veux-tu que je fasse avec une poignée d'incapables, sans moyens, face à une criminalité galopante ? Débrouillez-vous, me rétorquent mes chefs ! »

Rathore arpente son bureau, les mains dans le dos, en maugréant, et Gopal, pétrifié, fixe le plafond.

Les policiers guignent le prévenu, l'emmerdeur qui tremble sur ses pieds tandis qu'un filet d'urine humidifie son pantalon tire-bouchonné retenu par une ficelle à la taille, et qui s'élargit à présent en mare, sur le plancher.

« Porte-poisse ! maugrée Rathore, en tournant autour de lui, ivrogne, incestueux, maquereau, criminel, sûrement le sang de Bina sur les mains ! » Soudain, il pile, n'en croit pas ses yeux, pointe le doigt sur la flaque aux pieds de Gopal, s'étrangle en prenant à témoin ses hommes. « Gros dégueulasse ! » Il déboucle sa ceinture, aussitôt imité par ses sbires qui encerclent Gopal.

Et les boucles sifflent, entaillent le visage du malheureux qui ne cherche pas à se protéger, les pommettes, le crâne, la poitrine, le dos, Gopal hurle à chaque coup, le sang gicle à la grande joie des flics. Gopal crache une dent sous la grêle des boucles et des bâtons, des poings, des pieds, l'œil gauche pend au bout du nerf, son nez se brise avec un bruit de cartilage, il vomit des caillots de sang, du fiel, s'écroule tout du long sur le ciment, se tortille en implorant, comme un ver avide de recoller les morceaux.

Rathore, tout essoufflé, en nage, contemple, ravi, Gopal à terre, pulpes de chairs et tissus sanguinolents.

Ils s'emparent de lui par les membres, le traînent sur le dos dans la cour avant de le jeter sur son rickshaw.

« Une fameuse correction. Qui vaut tous les discours. Avis à la population ! On est tranquilles pour six mois ! » plastronne Rathore.

Gopal essuie le sang qui l'aveugle, crache une molaire, se hisse derrière le guidon et, avec une lenteur de caméléon, s'éloigne en pédalant en zigzag, franchit le porche, s'élance sur le chemin de terre conduisant droit au fleuve, invisible derrière une montagne d'ordures.

« Le Mahatma Gandhi est toujours vivant dans nos cœurs. Sans tirer un coup de fusil, il a réussi ce miracle : chasser l'occupant anglais. Grâce à lui, nous avons retrouvé notre fierté.

» Gandhi est présent au sommet des montagnes, dans les vallées, au bord des fleuves, aux carrefours des cités, sur les avenues, dans les demeures, aux côtés des dieux Ganesh, Kali, Shiva... »

À la fenêtre, j'écoute Indira qui s'adresse avec fièvre à la classe, dans un silence religieux.

« Vous connaissez tous sa légendaire silhouette, un petit homme malingre, sec, aux côtes saillantes, aux rondes lunettes cerclées de fer, enveloppé dans une gaze de cotonnade, avec une détermination à déplacer des montagnes. »

Gopal pédalait comme un homme ivre en direction du fleuve...Toutes ces gamines, au total, trente-huit, disparues depuis deux ans... Qui sera la prochaine ? je rumine.

« Comment un homme aussi gringalet, sans pistolet, a-t-il réussi à bouter l'Anglais hors d'Inde, en jeûnant... David sans fronde contre Goliath.

» Les intouchables représentaient pour lui les enfants des dieux. L'Indien doit revenir à la charkha[1], recommandait-il. Refusons tout vêtement de l'Anglais. Filons nous-mêmes nos habits.

» Il prônait le retour à une vie champêtre, simple, frugale, dans une Inde enfin libre. À force d'obstination, il réussit à obtenir l'indépendance de notre pays. » Puis, Indira, très grave : « Le 30 janvier 1948, le Mahatma tombait sous les balles de Mathuram Gidse, un brahmane fanatique. »

---

1. Charkha : le rouet ancestral.

« Qu'aurait fait Gandhi, à notre place, Indira ? me demande Apu.

– Rien, pas grand-chose, Apu. On peut renverser des montagnes mais trébucher sur un caillou… Comment a réagi Rathore, après le départ de Gopal Halder ?

– Il a trinqué avec ses policiers…

– Ensuite ?

– Il a décroché le téléphone, en claquant des talons.

– Qui appelait-il ?

– Sir Singh, enfin je crois…

– Tu es bien sûr d'avoir entendu ce nom ?

– Oui.

– Les Singh pullulent. Mais si c'est Mohinder Pandher, alors ça devient drôlement intéressant…

– À vos ordres, sir Singh, glapissait Rathore.

– Cette affaire pue, je murmure…

– Quelles sont nos chances de retrouver Sati ?

– Faibles. Ça vaut tout de même le coup d'essayer.

– Le Mahatma aurait fait la grève de la faim devant la villa de sir Singh, lâche Apu.

– Et les gens auraient effectué un large détour pour éviter d'attraper sa maladie, je rétorque.

– Quelle maladie ?

– Le goût de la justice, Apu. »

Soudain, je m'écrie en regardant par la fenêtre : « Sati est revenue ! »

Une lumière luit dans sa maison, de l'autre côté de la rue. Apu se précipite, heureux et en rage ! Enfin de retour, ce n'est pas trop tôt. On n'a pas idée ! C'est quoi, ces façons ! Il vient de vivre un calvaire ! Ah, elle va l'entendre, cette mère frivole ! Il rugit déjà en poussant la porte du pied. Il n'est plus un banal colis qu'on oublie treize ans au bord du Gange, puis au milieu d'ordures à Nithari !

Allongée sur le lit, elle nous tourne le dos. La pièce est obscure, je distingue des pieds nus, crottés, dans un rayon de lune. Une tête emmaillotée d'un foulard, qu'il arrache. Elle se redresse en poussant un cri. Une face crevassée de rides et de crasse, terrorisée, un regard vide, une bouche édentée qui supplie, non, mon fils, les mains en protection. Une vieille mendiante qui a poussé la porte au hasard pour se reposer...

L'Inde tapisse les murs de ma chambre. Je découpe des articles de journaux. Toute l'actualité, avec ses quatre cents millions de misérables, la condition de la femme, le scandale de la dot, le suicide massif des paysans, les disparitions d'enfants, l'échographie et ses terribles ravages, la corruption, la justice à deux vitesses, la police asservie aux puissants, le nucléaire, le spatial, le lancement de satellites. « Tiens, écoute donc ! » je claironne.

« Ram Chandra, resquilleur dans le train, a attendu trente ans avant d'être jugé. En Inde, la plus grande démocratie que le monde nous envie !

» Au Bihar, quatre garçons passent la moitié de leur vie en prison. Arrêtés à l'âge de dix ans pour un vol de mangues, on les a tout bonnement oubliés !

» Dans les prisons surpeuplées, innocents et coupables crèvent. Au début, les familles les nourrissent, puis le temps passe. On finit par oublier les noms, le motif de leur incarcération. Ils s'incrustent comme des punaises dans les geôles humides. Analphabètes, ils ne connaissent pas leurs droits. Et ceux qui les connaissent renoncent, craignant le pire.

» C'est ça la réalité de l'Inde, Apu.

» Tiens, encore un innocent, témoin d'un assassinat. On l'emprisonne pour être sûr qu'il témoignera au procès. Dix ans après, on a égaré son dossier. Quel crime a-t-il commis ? On ne sait plus trop. Quand on l'interroge, il réclame à manger, il ne se souvient plus de rien.

» Écoute donc.

» Rina Kumari, abusée à dix-sept ans par trois individus, est emprisonnée dans la même cellule que ses violeurs. On veut être sûr qu'elle témoignera au procès. Quatre ans passent. Enfin, devant le tribunal, Rina retire sa plainte, enceinte d'un de ses violeurs. Le mariage est pour bientôt.

– Et si on alertait le CBI, la police des polices ? propose Apu.

– Hum... Sati se cache depuis des lustres... Si nous déposons une plainte, ils vont enquêter, en retournant chaque pierre de son passé. Si elle est vivante ? Elle risque de croupir le reste de sa vie en prison. Ou on la pendra... »

13 mars 2008

Gopal Halder vient de se noyer ! La nouvelle crépite de bon matin, d'un bout à l'autre du bidonville. Nous bondissons du lit pour nous habiller en quatrième vitesse. C'est un samedi, je m'en souviens bien.

Malgré l'heure matinale, les rues grouillent de monde. Des groupes commentent la fin tragique de Gopal.

On marche d'un pas pressé, Apu et moi, à cause des gens, au courant de son histoire qui l'arrêtent au passage pour lui tapoter l'épaule, le dos, le serrer dans leurs bras, la façon des pauvres de partager leur douleur. C'est comme ça depuis la fuite d'Adam et de sa coureuse de serpents du paradis.

« Gopal était comme le lézard africain, dit Apu. Quand il plante ses crocs dans ta chair ? Impossible de lui faire lâcher prise…

– À moins de le décapiter », je réplique en accélérant le pas.

Tout en trottant à longues enjambées, j'apprends qu'ils ont repêché Gopal, gonflé d'eau, le visage dévoré par les carnassiers du fleuve.

« Où va-t-on, Indira ? crie Apu.

– Notre dernière chance ! » je hurle dans le vacarme en accélérant la marche.

Je slalome à travers la mélasse des corps, sous un ciel poudreux. Le soleil bave une chaleur écarlate, dans les montagnes d'ordures et les bouillonnements de fumée âcre et noire de pneus en train de brûler.

Corbeaux et charognards frôlent les toits en tôle ondulée, les huttes de branchage, les baraques en parpaing, les cabanes en carton, aux fenêtres en plastique qui poussent, anarchiques, de part et d'autres des ruelles défoncées en terre battue, dans les terrains vagues, encore debout par la seule grâce du Saint-Esprit.

Une poussière grise aiguisait ses griffes sur le bidonville. On s'écarte de la foule en empruntant un sentier entre les tas d'ordures que des groupes d'enfants aux faces couvertes de suie fouillent à la recherche de planches, plastiques, nourriture, ou de quelque trésor.

La mousson patiente sur la ligne d'horizon avec ses nuages métalliques et ses éclairs.

Au marché des voleurs, des créatures en haillons déambulent comme du vieux linge safrané mis à sécher.

Parfois une femme, au courant pour Sati, enduit le front et les joues d'Apu de cendres chaudes, poinçonne ses bras, son torse de peinture rouge, jaune, noire. Ce manège se répète au fil des rencontres, et Apu devient un masque grimaçant, comme ces tribus en voie d'extinction des îles Andaman et Nicobar, dans le golfe du Bengale. Des vaches couchées sur le flanc, au milieu d'une marée de pieds, rêvent, languides, de prés verts sous un vent printanier.

Nous fendons une foule de bandits, voleurs, escrocs, avorteuses, à la recherche de clients, dans un périmètre étroit conçu pour mille indigents et où se bousculent vingt-cinq mille crève-la-faim, immigrants natifs de l'Uttar Pradesh, du Bihar, de l'ouest du Bengale.

Autour de nous, peaux galeuses, yeux caves souffrant de famine, ventres creux, vermine broutant les peaux boucanées tendues sur les os. Des relents acides empuantissent l'air. Tout ce monde vivote en attente d'entourloupes et de combines. À deux pas de Noida, de l'autre côté du périph, le quartier résidentiel avec ses habitants qui signent des pétitions pour dénoncer Nithari, ce foyer d'infection purulent sous leur nez. Il est urgent, par salubrité publique, de raser le bidonville et sa cour des miracles, déplacer ces montagnes de déchets qui chatouillent la lune, jusqu'à l'océan, avant que la proche mousson ne transforme les lieux en marécage.

Pourquoi ne passerait-on pas un accord avec les Goondas, suggèrent-ils, ces bras armés de parrains mafieux qui ont expulsé les habitants du bidonville de Mumbai et libéré les terrains intéressants d'un point de vue financier ?

Quand une épidémie menace Nithari, des commandos en combinaison blanche, masqués comme dans les films de science-fiction, déboulent en voitures rouges de pompiers, sirènes hurlantes, et bloquent toutes les issues pour nous flytoxer à bout portant tandis que des avionnettes survolent le bidonville à basse altitude en nous inondant de tonnes d'insecticide, qui se mêle aux odeurs de camphre et de santal.

Je reconnais au passage les gangs, les castes, les bandes organisées. Le clan des Laborantins qui vendent de faux cachets dans des emballages officiels ; les Charlatans et Guérisseurs qui poussent dans le caniveau comme de l'ortie. Sous le goyavier, le club très fermé des Docteurs, Chirurgiens, exhibant diplômes d'Oxford et de Cambridge, et qui proposent au badaud d'opérer sur-le-champ, à même le trottoir, avec des scalpels, des scies, des lames de rasoir.

Dans le jardin public où poussent de gros cailloux noirs, les Dentistes disposent leurs vitrines dans l'herbe calcinée, canines de chien, molaires de vache, taillables sur mesure, qu'ils fixent dans les mâchoires à l'aide de pinces, de tournevis, de marteaux en caoutchouc, de fil de nylon, de colle universelle.

Les Nettoyeurs d'oreilles campent à l'ombre d'un large flamboyant, avec leurs outils effilés sur un tapis d'aiguilles rouges.

Tout un monde bigarré, affairiste, jacasseur, terriblement vivant. Coiffeurs, manucures, peintres de rickshaws, marchands d'horoscopes et d'orchidées ; et des vélos-boutiques aux deux grands panneaux déployés en ailes sur les côtés, qui proposent colifichets, lunettes de soleil, parfums, bijoux de fantaisie. Dans la foule circulent, hautains, détachés, des pèlerins aux maquillages outranciers, pour mieux se faire remarquer des dieux.

Au pied de l'unique immeuble en ruines sévissait le gang des Ophtalmologues qui propose à une clientèle de taupes, pour mille roupies, une vision d'aigle ou de chat, au choix.

À la terrasse d'une maison de thé, sous des ombrelles, les Neurologues vous débarrassent de migraines et de mauvaises pensées en vous incisant le crâne.

Bandits, voleurs à la tire, faux aveugles, mendiants, crocheteurs, souteneurs échangent en messe basse, antenne contre antenne, les dernières martingales du crime avant de s'abattre en étourneaux sur Noida et Connaught Square, le cœur de la capitale.

« Condoléances, Apu », lui lance M. Vikran, en guise de bonjour.

Le chef d'îlot est assis par terre, sur le seuil de sa maison en parpaing, torse nu, un cigarillo entre les dents. La fumée verte s'échappe de sa mâchoire ébréchée. Autour de lui, tout tombe en ruine, les bicoques rouges, jaunes, bleues, le ciel même s'effrite comme du plâtre. M. Vikran aussi.

Nous prenons place sur des caisses en bois, au ras du sol. Vikran lâche, fataliste :

« Sati ne reviendra plus.

– Vous allez vite en besogne ! je réplique d'un ton cinglant. Vous avez des preuves ? »

Ma colère lui arrache un sourire. Un petit homme chétif, vieilli, sans âge, revenu de tout. La fumée de son cigarillo me fait tousser. Il respire en sifflant comme une outre percée.

Quelle erreur de s'adresser à cet homme. Trop tard… Apu est bien d'accord.

Bant Vikran est l'ultime recours des miséreux quand les dieux, petits et grands, se bouchent les oreilles. Alors, ils se rendent chez lui, comme au cimetière, le Zorro des causes perdues. Un quadragénaire perclus de rhumatismes, qui en paraît soixante, à s'être trop frotté au commerce des hommes. Assis, il fume devant sa cabane rouge, moche comme tout, en se distrayant du malheur de son prochain.

Il rallume son cigarillo puant, en nous regardant, Apu et moi, par en dessous, avec une tristesse insoutenable... Combien de combats perdus, de drames... Une face longue, chevaline, mal rasée, à la peau ridée de tabac fané, qui attend la fin. Sa denture caramélisée est en récréation, ses oreilles décollées font avion. Et cette haine rance qui a macéré des décennies dans ses tripes, avant de lui exploser au visage, telle une fleur vénéneuse.

Son bras droit, brisé, avec les compliments de RSK Rathore, s'est recollé à la diable, avec des bouts d'os perçant la peau. L'autre membre pend, inutile. Son corps à lui seul est un admirable naufrage, avec ses prunelles, surtout, de plongeur des hauts fonds qui auraient exploré les zones glauques de l'âme humaine.

Il crisse et craque en rallumant son cigarillo, le sang reflue de son visage. Il va parler.

« Le 15 avril 2007, je me suis rendu chez Rathore pour signaler la disparition de mon enfant qui venait d'avoir quatre ans. Ils m'ont battu, je me suis évanoui. J'ai perdu ce bras, hérité d'un poumon percé et de plantes de pied en marmelade qui m'obligent à marcher en danseuse. Oui, ils se sont acharnés sur moi avec une barre de pompe à eau jusqu'à réduire ma chair en pulpe. J'entends encore Rathore plastronner au-dessus de moi :

» "Vous ne pensez qu'à mettre en cloque vos lapines ! À croire que c'est votre passe-temps favori, tringler, alors que vous n'avez pas un grain de riz à mettre dans la bouche de vos bâtards ! Écarte les cuisses, ponds-moi un mâle. Surtout pas une pisseuse, sinon, gare !" Rathore a commis une grave erreur en oubliant de me noyer dans le fleuve, comme ce pauvre Gopal.

– Vous pensez que c'est EUX ? je marmonne malgré moi.

– Qui veux-tu que ce soit, Indira ! »

Il déboutonne sa chemise d'une main experte, exhibe son dos. Des bourrelets de chair brûlée, aux contours verdâtres, comme ces viandes pourrissantes accrochées à l'étal des bouchers.

« Je ne peux dormir ni sur le dos, ni sur le ventre. Sur les flancs, quelques minutes... Le moindre frottement me rend fou de douleur. » Il se reboutonne, le sourire défait.

C'est avec ÇA que tu veux te battre ? me signifie Apu en se levant.

« Raconte-moi le passage à tabac de Gopal », grogne Vikran.

Apu s'exécute d'une voix morne, sans omettre le moindre détail.

« À la fin, Gopal s'enfuit en pédalant en direction du fleuve tandis que Rathore téléphone...

— À sir Mohinder Pandher Singh, je complète à voix basse.

— Bina et Sati ont disparu chez lui, à trois jours d'intervalle... Nous sommes sûrs de ça. »

Il compulse un carnet.

« En 2006, cinq disparitions. J'ai consigné tous les noms, dates, lieux, et même les heures. L'année suivante, le rythme s'accélère, entre juin et décembre 2007, vingt-deux, dont mon enfant qui jouait sur le terrain vague qui jouxte la villa de sir Singh.

» En 2008, dix. Bina et Sati sont les toutes dernières, elles ont seize et trente-deux ans, les plus vieilles. Les autres ? Des petites, entre quatre et douze ans. La plupart traînaient autour du château d'eau, du terrain vague, de la villa blanche.

— Sir Singh a-t-il quelque rapport avec ces disparitions ?

— Je donne des faits. Rien d'autre... Je dis simplement, elles ont disparu non loin de la villa.

— Et Gopal ?

— Il s'est noyé, confirme-t-il. Les mains liées dans le dos... » Il note notre stupéfaction en allumant un nouveau cigarillo.

« Avant de vivre ici, j'étais enquêteur au CBI[1]. Vous trouverez à Nithari une riche panoplie du

---

1. CBI : Central Board of Investigation.

crime, mais pas un seul voleur d'enfant ! Le code d'honneur des pauvres.

– Il n'est pas bon de naître fille en Inde, soupire sa femme en servant le thé.

– Où est Sati ? Avez-vous une piste sérieuse ?
– Oui.
– Des gens de Nithari ?
– Mohinder Pandher Singh... »

Mme Vikran sert le repas de son mari, des lentilles écrasées et du riz, sur une feuille de bananier.

« Mes pauvres enfants ! Fuyez Nithari, il est encore temps. N'importe où. Le plus loin possible d'ici ! » Puis à son époux : « Cesse donc de te tracasser. Pour ce que ça t'a rapporté... » Elle parle d'une voix douce en chantonnant. Le vent agite ses mèches grises.

« Si vous saviez tous les ennuis... Il allait être promu commissaire divisionnaire au CBI, à New Delhi. Tout le monde le suppliait, Vikran, signe donc ce rapport ! Mais non ! Monsieur avec sa tête de cochon... Résultat ? Révoqué, demi-solde, alors qu'on devait vivre dans une belle maison climatisée, avec un gardien, des serviteurs, un cuisinier... Nous sommes condamnés à crever au milieu des montagnes d'ordures. Un jour, ils viendront te kidnapper. On te repêchera dans le fleuve...

– Tais-toi donc ! » fulmine Vikran en avalant de travers. Il tousse, crache, s'essuie la bouche, avale un verre d'eau avec des moustiques qui crawlent à la surface.

« Pauvre fou ! Vouloir affronter les puissants, voilà où ton sens de l'honneur nous a menés. Un vieillard de quarante-trois ans et moi qui vaux pas mieux. Il perd la mémoire, radote ses vieilles histoires, ses griefs, avec ses os déglingués, son cerveau qui se liquéfie. Il en veut à ses chefs du CBI, à la Terre entière, à moi. Si vous restez encore cinq minutes, il vous en voudra aussi. »

D'une main lasse, elle extirpe une photo d'entre ses mamelles gélatineuses.

« Elle était très mignonne, je dis.

– C'est mon fils Sabu, corrige Vikran d'une voix enrouée. Un visage d'ange, des cheveux si fins, n'est-ce pas... On le prenait souvent pour une petite fille. Il a disparu près de la villa de sir Singh... »

On est rentrés au trot à la maison, serrés l'un contre l'autre, comme un couple de petits vieux qui a peur de se faire assassiner dans le noir à coups de marteau.

On se sent si seuls tout à coup, pas même le diable pour nous frotter le dos.

Indira allume deux bougies, des bâtons d'encens. On mange en silence des chapatis en buvant du lassi. Plein d'anges passent et repassent dans la chambre.

Moi, j'aurais bien bu un verre de poison.

« Avec ton QI de 40 et le mien de 160, ça fait 200 ! On trouvera sûrement une solution », me rassure Indira en m'entraînant sur le lit, très sexy dans sa combinaison mauve transparente.

Malgré mes envies, ma main repose, sage comme du plomb. Je l'entends respirer fort derrière le *Delhi Post* déployé à l'envers devant elle. Je suis aussi détendu que sous les pinces chauffantes d'un dentiste ambulant de Connaught Square.

Soudain Indira plaque ma main sur son sein, sans autorisation. La pointe du téton durcit instantanément tandis qu'elle me mordille l'oreille avec son haleine de cannelle.

On s'enlace comme le dernier couple sur Terre après une attaque atomique. Mon sexe gonfle entre ses lèvres brûlantes, buvant ma semence divine.

Les étrangers débarquent ici, la braguette ouverte, croyant, ces naïfs, batifoler dans la piscine du Kama-sutra.

En Inde, le sexe est tabou. Un chaste baiser dans la rue ? Cinq cents roupies d'amende. Une braguette boursouflée ? Mille. Un pays truffé de panneaux d'interdiction.

« Zut ! gronde-t-elle en abandonnant ma verge miraculeuse. Si on nous enlève aussi ce plaisir, que nous reste-t-il à nous, les pauvres ! »

Ah ! sa fureur, ses sourcils froncés, les bras croisés sous ses seins citronnés !

« Nous sommes si chastes, nous autres, hindous, en vérité ! La Terre entière croit que nous vivons pour la galipette ! Nos temples sont couverts de frises érotiques. Nous apprenons à lire dans le Kama-sutra. Mais question bagatelle ? Jamais avant le mariage. Quel casse-tête ! Sujet tabou, chasse gardée des putains et des camionneurs. Résultat ? Un milliard de frustrés ! »

Sa nuisette violette flotte autour de sa fine taille et souligne la beauté de ses yeux de biche, son cou de cygne, ses jambes interminables.

« Sais-tu que nous n'avons aucun mot en hindi pour signifier l'orgasme ?

– L'orgasme ?

– Quatre-vingts pour cent des jeunes maris consultent un sexologue pour impuissance. La nuit de noces les terrifie. Comment se comporter avec une épouse dont ils ignorent les trésors cachés… Les praticiens préconisent une médecine ayurvédique, herbes, racines, plantes, minéraux. Il est recommandé que le mari se présente vierge, car sa semence est trésor de vie. »

Indira se débarrasse lestement de sa nuisette.

« Évite de disperser en solitaire ce trésor de vie, Apu ! Gare aux excès ! Ton organisme risque de s'affaiblir, d'abord le foie, puis l'estomac, enfin les couilles. Et ton sang ? Du jus de navet. Ta vue baisse. À quinze ans les branleurs en paraissent quarante. Téléphone donc au conseil de l'ordre des médecins ! Dorénavant, interdiction de monter à cheval, à vélo.

– Mais…

– Toussez, respirez, stop ! » rugit-elle, l'oreille auscultant mon dos. « A-t-il des migraines, des courbatures, de l'amnésie ?

– C'est-à-dire…

– Qu'il se déculotte. »

D'un poignet nerveux, elle arrache mon slip.

« Le membre présente des signes d'atrophie précoce, diagnostique-t-elle d'une voix clinique. Ce gland qui noircit... Inquiétant... Les testicules, aussi rabougries qu'une noix, décourageraient un écureuil affamé de Connaught Square. A-t-il des faiblesses, des vertiges, crache-t-il du sang ?

– Mais non...

– Patience. C'est pour ce soir, demain au plus tard. A-t-il des langueurs, l'envie de rien, le dégoût de tout ? Est-il paresseux ? Oui, assurément ! J'ai le regret de lui annoncer qu'il ne sera jamais en mesure de satisfaire une femme. Qu'il se reculotte ! »

Devant ma mine ahurie, elle éclate de rire en me couvrant de baisers passionnés.

« Je vais bien m'occuper de toi, mon petit homme. Bains brûlants, glacés. Pour épaissir ta semence ? Arsenic et calcium mélangés à des perles écrasés. Pour retrouver des forces vives ? Graisse de lion, safran, musc et huile de castor, œufs en neige et testicules de bouc. » Puis, songeuse : « Un savant indien vient de découvrir que la semence mâle contient de l'or. »

Ses mains me lisent en braille dans la pâle lumière de la lampe recouverte d'un foulard rouge.

Indira n'est plus vierge, depuis le quatorzième siècle. Elle lèche mon membre comme un sorbet à la mangue et sa langue experte me transporte au-delà des eaux sacrées du Gange.

Elle me chevauche à présent, en chuchotant des mots qu'on entend à la pleine lune quand les îles naissent et meurent en une nuit. Les mains à plat sur ma poitrine, elle halète en accélérant le galop, les yeux révulsés, ses cheveux fouettent l'air, encore plus sauvage que la déesse Kali. Elle mérite à elle seule le pèlerinage de millions de disciples à la recherche de l'extase.

Le vent de la nuit froisse les articles sur les murs.
« Sati était encore jeune et belle, murmure Indira. Était-elle rêveuse en se coiffant, rougissait-elle sans raison ?
– Non…
– Sati ne vivait que pour toi.
– Elle ne se maquillait jamais, pas même un parfum. Elle s'aventurait dehors sur le qui-vive, avec son voile noir…
– Pas un amour à la sauvette ?
– Non. »
Alors.
Rien.
Retour à la case départ.
Indira parcourt le *Delhi Post* en croquant une pomme. Soudain, elle pousse une exclamation.
« Écoute donc, Apu. La voilà, la solution ! »

« New Delhi Post*, article du 13 mars 2008*
» *À quinze kilomètres de la capitale, dans un campement de branchages, M. Wasal, 43 ans, vient d'être affranchi avec sa famille d'un véritable esclavage qui durait depuis huit ans.*

» Au départ, Wasal était un modeste fermier qui vivotait sur deux hectares de mauvaise terre, condamné à mourir de faim, lui et les siens.

» M. K., un riche homme d'affaires, lui proposa du travail dans sa fabrique de briques. Wasal dut déchanter. Sa situation empira vite. Il travaillait avec ses quatre enfants et sa femme de l'aube à la nuit, sans salaire, dormant dans une cahute de roseaux. Quand Wasal voulut s'affranchir, cet homme sans scrupule le menaça de porter plainte, prétextant lui avoir prêté cinquante mille roupies.

» Wasal dut se résoudre à fabriquer des briques durant huit ans, sans percevoir la moindre roupie, juste une marmite de riz journalière.

» – Parfois, le patron me battait sans raison. Nous étions isolés des autres travailleurs. Un jour, mon fils aîné lut dans le journal qu'un swami hindou venait en aide aux travailleurs asservis.

» Je prends le train sans billet pour Delhi. Je découvre l'ashram du swami, qui écoute le récit de mes malheurs. Il saute dans une camionnette avec cinq disciples costauds armés de bâtons et nous voilà partis. Après une sévère correction, le tyran au tapis, il nous ramène à Delhi. Grâce à lui, nous travaillons dans une fabrique de chaussures, bien payés, dans une vraie maison. Béni soit le swami Rajneesh ! »

« Tout le monde connaît le swami Rajneesh ! » exulte notre chauffeur en empruntant des sens interdits, brûlant les feux rouges, sourd aux sifflets rageurs des policiers aux carrefours. Il roule sur les trottoirs, chassant dormeurs et vaches sacrées, se retourne, hilare : « Swami Rajneesh est encore plus fort que l'autre crucifié qui multipliait les poissons dans le désert ! »

Indira s'esclaffe, et c'est bon de l'entendre rire comme une petite bossue, la tête renversée, en ce dimanche matin aux nuages pommelés et aux oiseaux bariolés dans les flamboyants.

« Des étrangers viennent du bout du monde pour se prosterner aux pieds du Fils du Ciel, la réincarnation du Bouddha, prêt à aider le pauvre ! Vous êtes entre de bonnes mains, allez ! » rugit-il en se faufilant dans les embouteillages.

La propriété du swami est au bout d'une avenue ombragée de manguiers.

« Swami Rajneesh a médité vingt ans dans une grotte infestée de scorpions noirs, avant de recevoir l'illumination. Il se nourrissait de soupes d'ortie, très recommandées pour la lévitation ! Notre président ne prend jamais une décision sans le consulter.

– Tu me laisses parler au swami, me glisse Indira. Tu risques de l'indisposer à trop bafouiller ! » Puis, dans un soupir : « Ce soir, nous aurons retrouvé Sati ! »

Nous nous approchons de la haute grille où deux colosses en complet veston et lunettes noires filtrent les entrées. Une foule d'étrangers se presse, montrant patte blanche, un *mahmool*[1] de vingt, cent dollars dans le passeport, avant d'être autorisés à pénétrer dans le grand parc.

« Gardez votre argent ! s'écrie le chauffeur. Notez mon nom, dites-lui combien je souffre pour nourrir ma famille. Qu'il vienne à notre secours avant qu'on nous chasse de notre cagibi ! »

Il s'éloigne en agitant la main, à nouveau plein d'espoir. Les deux gardes nous laissent passer sans problème. L'un d'eux nous indique le chemin qui conduit directement aux cuisines.

On se faufile dans le flot des disciples, du beau monde, bien chuchotant. On marche vite, tête basse, main dans la main. Swami Rajneesh va enfin remettre Rathore et sir Singh à leur place, avec sa camionnette et ses costauds armés de bâtons.

---

1. Mahmool : pot-de-vin.

Indira avance d'un pas aérien, dans son sari blanc, cheveux au vent. L'allée bordée de flamboyants est noire de monde. Il en vient du château, tout au fond, du bois, des sentiers de traverse, de la grille d'entrée. Les nombreux disciples sont déjà assis dans l'herbe, au pied de l'estrade, où trône un fauteuil vide en cuir noir, aux accoudoirs sculptés de têtes de lion.

Dans la cour du château, des tables sont dressées et des serviteurs en livrée blanche, galonnés comme des généraux mexicains, achèvent de disposer une multitude de plats et de boissons.

Shri Rajneesh va enfin apparaître, après une tournée triomphale en Australie. À Darwin, un paraplégique a retrouvé l'usage de ses membres. Moi, je suis soucieux. Pourquoi le Fils du Ciel accorderait-il une quelconque attention à nos misérables personnes, noyées dans une marée de disciples si élégants, qui s'éventent, impatients, avec leurs chéquiers.

On réussit à se glisser au premier rang, juste au-dessous du fauteuil noir qui trône à deux mètres du sol. Le portrait immense de Rajneesh pose un regard languide sur la foule rassemblée.

Indira et moi sommes aussi à l'aise que deux mouches tombées dans un potage royal.

Soudain, des coups de klaxon retentissent, là-bas, à l'entrée de la grille. Une Mercedes blanche remonte l'allée de gravier avant de s'arrêter devant l'estrade. Après une attente interminable, IL apparaît comme une fumée céleste, dans un *dhoti*[1] crémeux, en lunettes noires, simple, très classe. Des cris d'amour fusent de la foule tandis qu'il salue ses disciples en gravissant les cinq marches en bois. Des centaines de mains implorantes se tendent vers lui. Soutenu par deux Teutons chauves en short de cuir, il se laisse choir dans son fauteuil.

« L'Accompli va parler ! » hurle le garde du corps, les mains en porte-voix.

Babba Rajneesh sourit en exhibant ses mollets saints, maigres, poilus.

Les paupières closes, les mains jointes, Babba psalmodie les lettres sacrées, AUM.

Un ventilateur portatif soulève par intervalles sa jupette crème, donnant l'impression angoissante qu'il va décoller et nous abandonner dans l'herbe. Un silence de cathédrale plane sur le parc, l'Inde, les cinq continents.

Babba parle. D'une curieuse voix acidulée de ventriloque. Et la marée infinie, prosternée, ferme les paupières pour goûter avec ravissement au message de l'Accompli.

« Mes enfants ! Vous devez vous libérer de l'étau du savoir ! prêche-t-il. Apprenez l'égoïsme pour avoir quelque chance de vous réaliser sur cette terre. Il vous faut courage et détermination pour plonger dans l'inconnu. Moi, Babba, votre père, je n'ai de cesse de vous donner du vide ! » Puis

---

1. Dhoti : vêtement à l'usage des hommes, traditionnel au Bengale.

redressant sa taille de coquelet : « Le devoir est un vain mot. Maris et femmes deviendront de vains mots. » Il laisse passer un ange, puis : « Je suis dieu parce que je ne suis pas ! »

Une grosse Texane boutonneuse, en chapeau de cow-boy, éclate en sanglots. On l'entraîne à l'écart dans un bosquet. D'un ton docte, Babba explique cette crise hystérique.

« Mon champ magnétique peut parfois rompre l'équilibre d'un individu. En vérité, rien de grave ! »

J'échange avec Indira un regard catastrophé...

« Cette gentille disciple, poursuit-il, vient de recevoir de ma part un excès d'énergie. Posez-lui donc la question ! »

On transmet le message, de proche en proche, jusqu'au bosquet. En larmes, la Texane approuve, à nouveau rayonnante.

« Savez-vous comment y remédier ? » enchaîna Babba.

On secoue la tête. Personne ne sait.

L'Accompli plonge la main dans sa poche et en exhibe un morceau de sucre qu'il offre à l'éplorée au milieu d'une tempête d'applaudissements.

Babba n'a pas tout dit.

Le Fils du Ciel évoque la connaissance intérieure, l'accomplissement de la vérité.

« Babba est prêt à répondre à vos questions !
– Qu'indique la configuration des planètes, aujourd'hui ? » couine un être chétif, à barbiche grise.

Babba désigne les orangers du verger, le château, les oiseaux dans les arbres, une belle journée dominicale.

La barbichette acquiesce, le sourire féminin.

Quand Babba n'aime pas une question, il la balaye d'un revers de la main.

On l'interroge sur l'horoscope, les bains de siège, Rika Zaraï, la compassion, l'amour, la tolérance, les préceptes bouddhiques. Quelle incidence sur votre enseignement ?

L'Accompli sourit avec dérision.

« Inscris-toi donc aux prochaines sessions, petit vide ignorant !

– Trois cents dollars l'heure, précise son porte-parole.

– À quoi ressemble un être accompli ? » questionne un chevelu.

Babba pointe l'index sur sa poitrine. Les mains hésitent à présent, par crainte du ridicule.

Indira choisit ce moment-là pour se redresser. Penché vers elle, Babba lui caresse la joue : « Parle donc ma belle cigogne !

– Apu, ici présent, a perdu sa mère. Aidez-nous à la retrouver, Babba tout puissant. Vous êtes notre dernier espoir ! »

Babba hoche la tête en nous enveloppant d'un regard bienveillant. « Approche, Apu. »

J'obéis.

« Tu es un petit chanceux, le sais-tu ? Les parents sont le frein de l'accomplissement, surtout la mère, trop possessive pour son fils. En disparaissant, ta mère t'aide à supprimer les barrières et à devenir enfin toi-même. Même si le chemin est encore très long ! Ai-je répondu à la question ? »

Indira soutient son regard avant de lâcher, avec une grimace :

« L'œil trahit le miel de la bouche. »

L'Accompli plisse les paupières en la fixant avec intensité, tel un oiseau de proie, avant de quitter son fauteuil dans un silence recueilli.

Babba a parlé et répondu aux questions. Babba s'en va à présent. Direction New York, Las Vegas, Honolulu, Abidjan. Sa mission sur terre ? Prendre les humains par la main et leur montrer le chemin.

On franchit la grille à pas comptés. Sur cette planète aux sept milliards d'habitants, on est plus que deux, Indira et moi, à longer l'avenue ombragée, intacts en apparence, mais en dedans on ressemble à des portes en bois grignotées par des termites, sur le point de tomber en poussière…

On a erré au hasard des rues, l'esprit vide. Si le Gange coulait tout près ? On aurait couru se purifier. Un filet d'eau pisseux sinue en contrebas. Ça ne nous tente pas.

À l'ombre du Lal Quila, le Fort rouge, on boit un lait de coco frais. Le moral revient au galop.

« On retrouvera Sati », chuchote Indira, une paille entre les lèvres. Puis, mutine : « N'oublie pas, Apu, à nous deux, nous avons un QI de 200. Supérieur à celui d'Henry Seeley et Charles Carpenter, les inventeurs du fer à repasser ! »

On éclate de rire avant de s'embrasser d'un même élan, malgré l'amende de cinq cents roupies. On lisse nos ailes, on repart, aériens, main dans la main.

Ce dimanche-là est magique. On est heureux, comme ça, sans raison, le fait même d'exister. On rit pour des riens et les gens qui nous croisent sourient, gagnés par ce bonheur.

« Si un jour je disparais, ne me cherche pas, Apu. Je serai perchée sur ton épaule droite !

– Tais-toi donc ! Si ce malheur… » je bafouille. Avant d'ajouter d'une voix précipitée : « Je te rejoindrai dans la seconde qui suit !

– Tu m'aimes donc vraiment ? » chuchote-t-elle, rougissante.

On longe Subramania et les grilles de Lodi Gardens avant d'emprunter Chandni Chowk, une rue très commerçante. On dévore des chapatis au fromage en admirant la foule indienne si élégante, réputée pour sa science des couleurs. Des hommes déambulent, vêtus de l'*achkav*, une veste boutonnée sur le devant et surmontée du col Mao, bien à l'aise dans leur *churidar*, un pantalon droit tirebouchonnant aux chevilles ; d'autres aussi racés que des maharadjahs défilent en tunique de coton ou de soie, le *kurta*, à manches longues, d'autres encore croisent en pyjama. On reconnaît les musulmans à leurs caleçons longs flottant aux sandales. Chez les femmes, le sari prédomine, drapé autour d'un jupon de couleur assortie, ou en robe, le *salwar kameez* ou en *lungi*, une longue tunique.

On repart en balade, buvant la vie à la régalade. Le ciel est une féerie multicolore, avec ses centaines de cerfs-volants dansant dans les courants d'air.

On échange des regards brûlants malgré les pancartes.

On pénètre dans la tente d'un voyant. Shri Suri lit votre avenir pour trois cents roupies !

On attend notre tour. Shri Suri, avec son turban orange et ses paupières bleuies de khôl, trône à la table du fond.

Quand on s'assied en face de lui, il semble plus intéressé par la poitrine d'Indira que par notre problème. Ses envies gargouillent en eau sale dans ses yeux charbonneux. Il nous écoute à peine pour se vanter de son dernier succès, qui a défrayé la chronique.

Un grand banquier est venu le consulter avec un client fermier qui réclamait un prêt de deux millions de roupies. « Je lui ai déconseillé de lui prêter cette somme. Quelques semaines plus tard, le fermier se suicida à cause du refus du banquier. Et ce dernier est venu me… »

Mais on file déjà dans un rickshaw. On descend à Connaught Square pour bavarder avec les écureuils roux.

« J'ai une folle envie de manger ta bouche ! » me chuchote Indira et, m'entraînant dans l'ombre parfumée d'un poivrier, elle m'embrasse avec fougue, comme si une météorite était sur le point de s'écraser sur la place.

Un flic se dirige déjà vers nous avec son carnet de contravention et Indira écrase ses lèvres fruitées sur les miennes, comme dans les films français. J'oublie le flic, le panneau d'interdiction représentant un couple s'embrassant, barré d'une croix rouge.

Quand j'ouvre à nouveau les yeux, le policier se tient derrière elle. Indira prolonge notre baiser et, de sa main libre, tend un billet de cinq cents roupies par-dessus son épaule. Il l'empoche en oubliant de nous délivrer un reçu.

« J'en avais trop envie ! » s'écrie-t-elle en se mettant à courir.

On déguste des sorbets au citron en admirant les acrobaties d'oiseaux blancs à képi rouge.

Ce dimanche-là, on dépense sans compter cette musique en soi qui fait danser la vie.

Je découvre une Indira différente de la pimbêche qui me trompe avec son dictionnaire. Elle irradie, taquine, heureuse d'exister, un écureuil sur le chemin des noix.

Sur un muret, dans les derniers rayons, Indira est toute pensive.

« Nous nous croyons vivants dans un monde réel. Erreur. Illusion ! C'est décidé, cette vie ici-bas est la dernière. Grâce à mon karma[1], je veux me libérer du cercle répétitif du samsara et accéder au nirvana... J'ai dû en étrangler, des perroquets, pour être réincarnée en Inde, à Nithari... »

« Déjà 6 heures ! Je vais être en retard ! s'écrie Indira en hélant un rickshaw. Vite, au Taj Mahal ! »

L'un des meilleurs restaurants de la capitale.

Trois fois par semaine, de 7 heures du soir à 2 heures du matin, Indira fait la plonge, pour cent

---

1. Karma : désigne le cycle des causes et des conséquences lié à l'existence des êtres sensibles.

roupies, le prix de deux places de cinéma en plein air.

Les cuisines du restaurant sont aussi vastes qu'un gymnase, avec ses chefs en toque, son armée de marmitons, mauvais cuisiniers tombés de la cuisse de Jupiter, ses serveurs feux follets.

Le Taj Mahal propose toutes les spécialités de l'Inde, avec les six saveurs dominantes, salé, sucré, amer, astringent, aigre et piquant.

Beignets de légumes frits, ragoût *avial* du Kérala, *sarson ka sag* du Penjab, feuilles de moutarde dégustées avec du *maki ki roti*, pain de maïs et *vada* et *idli*, composé d'une pâte de *dal* et de riz fermenté.

Outre les mets végétariens, le poulet *tandoori* et le *sikh kébab* et les succulentes *korma* et *nargisi kofta*, boulettes de viande fourrées d'œufs, et un large éventail de viandes rôties délicieusement croustillantes.

Indira s'active dans l'arrière-cuisine, dans l'avalanche de plats graisseux, le tourbillon des marmitons, le ballet frénétique des serveurs aboyant leurs commandes dans les vapeurs des rôtissoires et la chaleur infernale des fourneaux.

Je suis rentré à pied à Nithari. De luxueuses voitures m'obligent à sauter sur les bas-côtés. Au fil de la marche, je suis tout crotté.

À ma naissance, maman m'a poinçonné le front de poussière d'or en priant Shiva de m'offrir un destin exceptionnel. J'étais servi.

Je bute sur une cabane rouge d'astrologue, peinte de frais, qui propose richesse, bonheur, célébrité, cent roupies la consultation. Un prix très modique pour un avenir enchanté.

Assis sur une marche, l'astrologue en turban jaune m'observe en plantant un sourire rusé dans une mangue mûre.

« Musulmans, bouddhistes, chrétiens, hindouistes, tout le monde croit à l'astrologie. Pas toi, mon fils ? » Avant d'ajouter : « Les astres orchestrent notre vie. On ne s'aventure jamais dehors sans un bracelet protecteur, un collier sacré, une bague bénite. »

Je suis bien au courant. Tous les décideurs du pays arborent une perle au revers de leur veston. Avant de s'envoler pour New York, un homme d'affaires consulte son astrologue. Est-ce le jour, le bon avion, l'heure favorable. S'il oublie ces précautions, son avion s'écrasera dans l'océan.

« La carte du ciel est le meilleur ami de l'homme et son horoscope, le véritable passeport. Du chef d'État au paysan, aucune décision n'est prise sans moi. Quel est ton nom ?

– Apu.

– Donne-moi ta main. »

Il l'examine avec attention. Sa chaleur envahit aussitôt mon sang. Ses yeux charbonneux au fond des miens, il marmonne : « Tu as un problème.

– Oui…

– Il s'appelle Sati. »

Je retire ma main avec précipitation.

« C'est ta maman ?
– Oui !
– As-tu sa photo ? »

Il l'examine avec attention un long moment puis il écrit son nom, son âge. « Lieu de naissance ? »

Il est surpris de mon ignorance, s'éclipse à l'intérieur, dans les vapeurs d'encens. Je patiente sur la marche extérieure.

« Ta mère a de graves ennuis, elle se cache.
– Elle est vivante ?
– Oui. Elle reviendra.
– Quand ?
– Demain. Dans un an… Tu me paieras plus tard. »

« Et si Sati ne revient pas ? » chuchote Apu dans le noir.

Je rallume la bougie en l'examinant avec attention.

« Cet astrologue ne se trompe jamais.
– Et s'il se trompait ? » dit-il, buté.

Mes belles certitudes dérivent comme un iceberg entraîné dans un courant chaud des tropiques.

Je bondis du lit et à genoux, devant la statuette de Ganesh, je récite un mantra[1] à voix basse en le suppliant de nous rendre Sati vivante, intacte.

J'omets Bina et les trente-huit autres disparues. Les dieux, comme les hommes, se lassent vite.

Puis je prépare trois poudres dans des soucoupes. « Viens, Apu. »

Du pouce de la main droite, jamais l'index qui porte malheur, je poinçonne sa gorge avec la

---

1. Mantra : formule sonore et rythmée, fondée sur la répétition de sons réputés bénéfiques pour le corps ou l'esprit.

poudre jaune qui symbolise Brahma, puis entre les sourcils pour Vishnou, enfin sur les bras, avec la blanche, pour Shiva.

La gorge signifie les bonnes paroles, le front les bonnes pensées, les bras les bonnes actions.

On se recouche à nouveau dans le noir, sans se toucher. Trop de dieux entre nous…

Sati n'est reparue ni le lendemain ni les jours suivants. Je fuis l'école. Je guette son fantôme, un signe d'elle. Notre maison en face est vide. Indira ne manque jamais les cours. Elle rentre aussitôt, inquiète pour moi.

Le samedi suivant, Aryana, la maîtresse, déboule à la maison. Elle saisit ma main et, ses yeux au fond des miens, elle me dit :

« Je t'écoute, Apu. »

Je ne peux rien dire à cette femme maigre et sèche qui me tire l'oreille pour un oui ou un non. Je n'aime pas chanter mon malheur sur tous les toits et surtout pas à cette célibataire professionnelle, au cheveu gris, ridée comme du vieux bois, aux lèvres sévères, qui vous crache des zéros comme des arêtes de poisson-chat.

Encore une idée d'Indira. Ces deux-là sont tombées du même moule, à trente ans d'intervalle, l'une avec moustaches, l'autre sans. Pour l'instant. Même tête de pioche, la mère et sa fille adoptive.

Je me blanchis le cheveu rien qu'à l'idée qu'Indira puisse lui ressembler. Et cette angoisse de me réveiller, un jour, en découvrant un crocodile sur l'oreiller, à la place d'un oiseau bleu.

Mais que voulez-vous ?

Indira est en adoration devant Aryana. Deux ans plus tôt, Indira avait atterri à l'école de Nithari, sale, épuisée. D'où venait-elle ? Et pourquoi ici, personne ne le sut jamais. Aryana a refusé de l'inscrire à cause des élèves déjà trop nombreux.

Chaque matin, Indira suivait les cours, sous le préau, levait le doigt, prenait des notes. Après deux semaines, Aryana l'avait acceptée dans sa classe avant de l'amener chez elle. Indira avait vécu avec Aryana dix mois avant d'habiter en face de chez nous. Elle cumulait plusieurs petits boulots, après la classe, pour assurer son indépendance.

Aryana voit d'un sale œil notre couple, sa brillante élève avec un honorable cancre.

On la surnomme mère Teresa. Le bruit court qu'elle est d'origine brahmane et a choisi ce bidonville pour enseigner plutôt que l'université.

Elle a financé la construction de deux classes, et nourrit ses trente élèves, à midi, sur ses propres deniers.

La moitié des petites disparues fréquentaient sa classe. Aryana a lancé une campagne d'affichage, sans grand résultat.

Depuis dix ans, Aryana enseigne. Sans mari, sans enfants, sans canari, avec une obstination qui force l'admiration de la population. Sa mission ?

Éveiller nos consciences aux valeurs sacrées, malgré notre avenir pourri.

Aryana me lorgne par-dessus ses lunettes carrées, tandis qu'Indira résume toutes nos tentatives pour retrouver Sati : Vikran, le swami shri Rajneesh, le voyant, l'astrologue, les dieux Shiva, Ganesh, Kali. Surtout pas la police, après le passage à tabac du malheureux Gopal Halder.

Aryana écoute et ses yeux vifs ricochent de l'un à l'autre, en proie à une violente émotion. Puis, dans le silence lourd, elle articule d'une voix blanche :

« L'avez-vous fait ? »

On baisse la tête en rougissant, comme le premier couple chassé du paradis.

« Regardez-moi ! L'avez-vous fait, oui ou non ? »

Indira soutient son regard de lave, avant de murmurer d'une voix solaire :

« C'est la meilleure chose qui me soit arrivée sur cette terre… »

On s'est retrouvés dans un rickshaw filant en direction du poste de police. Aryana vitupère en serrant le pommeau de son ombrelle, comme un parapluie bulgare.

« Mes pauvres enfants ! Quand je pense à toutes ces petites... Rathore va prendre ta déposition, Apu, tu peux me croire ! »

On est ballottés sur le siège arrière, sur le mauvais chemin crevassé d'ornières.

On déboule dans la cour du poste. Moi, j'ai peur que les policiers nous battent avant même de nous écouter.

Aryana pénètre en trombe dans le bureau, bouscule deux flics en train de boire de la bière, qui claquent des talons, tétanisés par la maîtresse d'école au bras long qui se gratte jusque dans l'entourage du président.

« Où est Rathore ? » glapit-elle en les mettant en joue avec son ombrelle.

« Le chef est… à la maison ! bredouille le moins ivre.

— Cours le chercher ! Sinon, je décroche ce téléphone, et devine qui j'appelle ?

— Votre chère maman ?

— Crétin. Mon cousin, le ministre de l'Intérieur ! »

Les deux flics disparaissent au pas de course, bedaine en avant. La nuit tombe. Aryana arpente la pièce. Papiers gras, toiles d'araignée, cafards en maraude, carreaux et lampe pochetés de chiures d'insectes, barquettes de riz grouillantes de fourmis, bouteilles vides de rhum, canettes par terre, sur la table.

Cinq minutes plus tard, le superintendant surgit, tout essoufflé.

« C'est que j'étais à table, s'excuse-t-il. Un curry d'agneau… Mais dès que j'ai appris, j'ai accouru… » Il redresse la taille et d'une voix mielleuse : « En quel honneur ? Que me vaut ? À votre disposition ! Quel crime ? Vol, menace, chantage ? Je me charge personnellement de votre cas ! Vite, le nom de la crapule, que je sévisse ! »

Les bras croisés, Aryana s'impatiente. À trop braire, il finit par se taire. Il contourne son bureau, s'installe dans son fauteuil. Saisit un stylo comme un poignard.

Assise sur une pointe de fesses, sèche et droite comme une épine d'acacia, Aryana foudroie le superintendant qui se fend d'un sourire constipé :

« Désirez-vous une tasse de thé ? Un moka, ou un lassi bien frais ? »

Il guigne par en dessous cette créature qui tutoie ministres et président.

« Monsieur le superintendant…

– C'est moi ! s'écrie Rathore, avec un sourire de cancre.

– Depuis deux ans, quarante disparitions d'enfants. Expliquez-moi. J'exige ! »

Rathore triture son stylo, le sourire emprunté, le front ruisselant de sueur.

« À l'époque, je vous ai alerté. Vous m'avez juré. Les coupables dormiront en prison, le soir même. Et toujours rien !

– C'est que…

– Quand les parents des disparues viennent déposer plainte, vous les chassez. S'ils insistent, vous les battez… S'ils reviennent, vous les noyez. Pauvre Gopal ! Je viens de rédiger un rapport gratiné que je destine aux hautes instances du CBI et au ministre de l'Intérieur…

– Votre cousin, expire Rathore.

– Si vous aviez enregistré les témoignages, les coupables seraient déjà en prison ! Et plus de disparitions, monsieur le superintendant. Grâce au ministre de la Justice…

– Votre oncle, ânonne Rathore.

– Je vous promets un procès exemplaire, RSK Rathore. Aux assises ! Avec votre clique. Je témoignerai, avec noms, dates, lieux. Vous aurez le temps de méditer en prison. On vous surnomme, Six-Doigts, si prompt à toucher des bakchichs ! »

Campé derrière le bureau, Rathore lisse sa fine moustache, pensif. Cet ersatz de femme, il devine. Une vinaigrée, à trop vivre sans mâle.

Entend-il seulement ses menaces ?

« Goûtez donc ces délicieux loukoums aux pistaches, la coupe-t-il en poussant sous son nez une boîte rose. Un cadeau de mon cher ami sir Mohinder Pandher Singh, qui revient d'Arabie. » Il saisit un cube saupoudré de sucre fin, délicatement, le savoure en gourmet.

« Votre mission est-elle de vous goberger de loukoums aux amandes…

— Pistaches, corrige Rathore, la bouche pleine.

— La mère d'Apu a disparu.

— Comment ? Quand, où ? Tu me dis tout ! Ta maman, son nom ?

— Sati S., Votre Excellence.

— Repasse demain à midi ! » Il se met à écrire sous ma dictée. « Donc, Sati se rend le 12 mars, à 8 heures du matin pour un emploi de domestique, à la villa… de sir Mohinder Pandher Singh ? s'écrie-t-il en levant les yeux.

— Oui, Votre Honneur.

— Et elle ne ressort pas, c'est bien ça ?

— Affirmatif.

— Mais… pourquoi la retiendrait-il ? s'exclame-t-il en prenant à témoin Aryana. C'est absurde, voyons !

— Sir Singh l'a engagée, ensuite, selon Koli, le domestique, elle serait ressortie par la porte de derrière.

— Où est le problème ? Une jeune femme, ça papillonne, ça picore du plaisir ! Ça va, ça vient...

— Apu est désespéré. Comprenez ? »

Elle martèle chaque mot en cognant du pommeau contre le bureau.

« Calmez-vous, ma chère. Nous allons lui retrouver sa maman.

— Bina a disparu trois jours avant Sati. Et trente-huit autres, depuis deux ans.

— Trop de négligences, je vous l'accorde. Mais je suis entouré d'une bande d'incapables ! Je ne peux être au four et au tremplin...

— Au moulin, Rathore, au moulin.

— Les élections approchent. Je suis souvent absent, en mission secrète. Et mes policiers ? Des culs-terreux qui ne pensent qu'à s'empiffrer de maïs et se soûler. Si un plaignant paie ? Ils enregistrent sa déposition. Sinon, dégage ! De la flicaille analphabète, sans éducation. Et je suis seul, responsable de la sécurité de vingt-cinq mille habitants. Comment voulez-vous ? Sans moyens humains et matériels. Pour commander un stylo, je dois remplir une demande en six exemplaires. » Puis, secouant la tête : « Regardez ce bureau... Une porcherie... J'ai beau sévir, avertissement, blâme, mise à pied, renvoi... Autant pisser dans un piano !

— Un violon, Rathore, un violon ! Convoquez-moi sir Singh.

– Comment, quoi, maintenant ?
– Au trot !
– C'est qu'il est tard, chère mademoiselle...
– Je ne quitterai pas votre bureau avant !
– N'est-il pas en Australie ?
– Commencez par le chercher à Nithari.
– À 7 heures du soir ?
– Préférez-vous que je téléphone à mon oncle ou à mon cousin ?
– Inutile ! Je vous prépare un rendez-vous dès demain.
– Tout de suite, Rathore !
– C'est que je n'ai pas son numéro...
– Notez : 98 76 54 3201. »

Très digne, il compose le numéro, les mâchoires serrées.

La sonnerie résonne, on décroche. Il claque des talons. Il résume la situation en s'excusant du dérangement.

« Mlle Aryana... serait positivement ravie... Ce soir, oui... au poste... C'est urgent ? » souffle-t-il à Aryana qui hausse les épaules. « Il semblerait, sir... une domestique, Sati, chez vous... son fils est dans mon bureau... Cinq minutes, Votre Excellence ! Je m'y engage. Mille mercis ! »

Rathore est aussi ému que s'il venait de téléphoner à l'inventeur du fer à repasser.

Il s'installe dans son fauteuil profond, taquine ses incisives jaunes de la pointe du crayon, avant de lâcher, les yeux brillants :

« Sir Mohinder Pandher Singh va... bientôt apparaître ! »

Et puis on entend au loin des clameurs et des cris, comme le vent qui se déchirerait dans un champ d'épineux.

Groupés à l'entrée, bâton au poing, les six policiers s'efforcent de distinguer, dans les ténèbres, la procession qui brandit flambeaux, bougies, banderoles, marchant droit sur le poste.

Rendez-nous nos enfants ! scande la foule nombreuse. Et soudain, ils sont là, en face, à vingt pas, des centaines de migrants, les yeux braqués sur les policiers en alerte.

« C'est quoi, cette mascarade ? rugit Rathore en marchant au-devant d'eux. Surveillez mieux vos bâtards ! La police n'est pas une nounou ! Vous avez cinq minutes pour déguerpir. Sinon... »

Il revient, s'affale dans son fauteuil, la face luisante de sueur.

« Salauds de pauvres ! »

Il dégaine son pistolet, glisse une balle dans le canon. Cet exercice le détend.

« Qu'ils avancent ! Juste un pas ! Un carnage ! Légitime défense !

– Les familles ont bien le droit de manifester ! éclate Aryana. Depuis deux ans qu'elles patientent, espèrent ! Bougez donc vos grosses fesses ! Et si votre fille avait disparu ?

– D'abord, je n'ai pas de fille. Ensuite, si ma femme en attendait une ? Retour dans la Voie lactée ! Enfin, si elle venait tout de même au monde ? Une surveillance de tous les instants ! »

Pendant ce temps, la foule scande les noms des petites disparues, une litanie qui gagne en puissance.

Une limousine noire freine dans la cour. Un homme en jaillit, cigare aux lèvres, il marque un temps d'arrêt, face à la manifestation, lève les bras en signe de victoire.

« Comme je vous comprends ! s'écrie-t-il, je suis avec vous ! Depuis deux ans… C'est trop ! Je vais alerter le CBI, la police des polices. Je partage votre colère. Un enfant qui disparaît, c'est un morceau de ma chair qu'on ampute ! Vos problèmes sont les miens. Vous le savez bien. Rendez-vous aux élections prochaines ! »

Sir Monhinder Pandher Singh s'engouffre dans le poste.

« Votre discours aurait eu plus d'effet en yiddish ! » je lui lance.

Il me sourit, plisse les paupières : « Ton nom ?
— Indira, sir. »

Il acquiesce avant de se laisser choir dans un fauteuil. « Il faut faire quelque chose, monsieur le superintendant ! Ce soir, ils sont gentils. Demain, ils ficheront le feu à votre gourbi ! »

Il ôte ses lunettes rondes, en essuie la buée avant de les percher sur son nez aquilin. Ses yeux sont doux et languides, avec cette douce humanité qui sied aux gens bien nés. Une barbiche teinte orne un visage poupin, et de superbes moustaches dont les pointes rebiquent en croc aux commissures de lèvres rouges et sensuelles. Il porte élégant dans un gilet à losanges rouges et noirs, un col Mao, des souliers souples en croco.

« Je suis venu aussi vite que j'ai pu, s'excuse-t-il. Mais mes invités s'impatientent… » Puis le ton brusque : « Rathore, de quoi s'agit-il ? Vous m'obligeriez en allant droit au but.

– La mère de ce garçon a répondu à votre annonce, Votre Honneur… Une dénommée Sati.

– Exact. Je l'ai engagée. Je l'ai attendue. Elle ne s'est jamais présentée.

– C'est comme Bina, trois jours plus tôt ? j'enchaîne.

– Une curieuse coïncidence, je l'avoue.

– Gopal Halder a été battu ici même… avant de se noyer.

– Noyé, dis-tu ? » Sir Singh foudroie Rathore, visiblement gêné.

« Oui. Les poignets attachés dans le dos.

– Êtes-vous au courant, Rathore ? » grogne sir Singh, en desserrant son col.

– Non, sir… »

L'atmosphère est étouffante.

On y respire comme ces poissons blafards qui croupissent dans les aquariums de restaurants chinois.

« Gopal a quitté le poste, visiblement ivre…

– Demain, à 19 heures, chez moi. J'exige un rapport détaillé, Rathore, vous m'obligeriez. »

À l'extérieur, bougies et torches s'éteignent. La rumeur n'est plus qu'une plainte d'oiseau égaré dans les ténèbres.

« J'habite Nithari depuis avril 2006, dit sir Singh, concentré. L'avenir de mon pays se joue dans les bidonvilles. Le gouvernement affirme qu'une minorité vit dans les *slums*. Moi, je dis que cinq cents millions de miséreux y croupissent. Plus de la moitié de la population… Je veux d'abord assainir Nithari, traquer les politiciens véreux, les lobbies immobiliers sans scrupule, la mafia. Voilà ce que je pense, voilà ce que je dis ! D'ailleurs…

– Ce n'est ni le lieu, ni le moment de roder votre discours électoral, sir Singh ! » je l'interromps, cassante.

– Indira. Notre vaillant petit soldat ! » ironise sir Singh. Puis son sourire s'efface. « Tous les bidonvilles doivent disparaître à l'horizon de 2014. Je m'y engage. Il est urgent de créer un service de voirie, le tout-à-l'égout, raser ces montagnes de déchets, ces foyers d'infection, éradiquer cette mortalité galopante. J'ai déjà fait construire un château d'eau avec mon argent. Je veux des rues asphaltées, des logements salubres avec eau et électricité, une grande école pour accueillir tous les enfants de Nithari. Je créerai des emplois, des centres de formation, j'assainirai la police en renforçant ses effectifs. Je veux la doter de moyens efficaces et surtout… la mettre au service de tous les citoyens, pauvres, riches. Le National Food Security donnera vingt kilos de riz et de blé aux familles sous le seuil de pauvreté. D'ailleurs…

– Et Sati, Bina et toutes les autres ? le coupe Aryana.

– Mes invités s'impatientent… »

Il se lève, caresse ma joue au passage.

« Pas touche à la gamine ! je gronde en chassant sa main d'une tape.

– Indira, ma petite sauvageonne ! rit-il jaune. Bon, eh bien, je me sauve…»

Rathore déboule de la pièce voisine en brandissant un feuillet.

« Cette nouvelle vient de tomber, Votre Excellence. Elle vous intéresse aussi ! »

Il chausse ses lunettes, lit avec un air de procureur. « Sati, trente-deux ans, recherchée depuis 1993 pour un quadruple empoisonnement. Son mari, sa belle-mère, son beau-père, sa belle-sœur. Une famille très honorable, de la caste des brahmanes, qui dirigeait une des meilleures cliniques de Mumbai.

– Je m'en souviens, dit sir Singh, songeur. À l'époque, ce quadruple crime avait bouleversé l'Inde entière…

– Malgré de nombreuses recherches, la criminelle a réussi à échapper aux policiers et à une armée de détectives. »

Un téléphone résonne à l'entrée du poste. Koli, le portable à l'oreille, qui se racle la gorge par trois fois avant de marmonner puis raccrocher.

« Merci, Rathore. Quand je pense… j'avais engagé une empoisonneuse… »

Il agite la tête, catastrophé, s'engouffre avec son domestique dans l'auto. Les phares balaient un instant des centaines d'yeux écarquillés dans le noir.

Aryana s'éloigne à pied dans la nuit, la tête basse…

Cette fois, nous sommes tout à fait seuls... Je reviens de la douche, un tuyau d'arrosage au fond de la cour.

Je parle à voix basse, comme si les murs avaient des oreilles. Je me tais quand des pas dans la ruelle s'arrêtent devant ma porte. Un vent chaud s'infiltre dans la chambre. J'ôte la serviette autour de ma taille, j'allume la TV de poche en noir et blanc, je m'allonge sur le lit, cigarette aux lèvres, près d'Apu silencieux.

Soudain, je me redresse, livide, en poussant un cri, fascinée par l'écran. Une très vieille femme nue, avec ses cheveux de coton, une feuille en cache-sexe, sur un fond de plage et de cocotiers, hypnotise la caméra, avec toute la détresse du monde.

Je plante mes ongles dans le bras d'Apu, je chuchote avec la sauvage, dans le même dialecte, par l'intermédiaire de l'écran.

Je respire fort, sous le coup d'une émotion violente, tendue vers cette vieillarde d'une tristesse insoutenable, aux seins flétris pendant sur les replis d'un ventre fané. Moi et la primitive nous dialoguons, à voix basse, seules au monde. Elle est si âgée qu'elle semble avoir enfanté la Terre en l'expulsant d'entre ses cuisses. Brusquement, l'écran se couvre de neige.

Apu assiste à la scène, sidéré. J'éteins le poste et me love contre lui. « C'est grand-mère Bôa, je lui souffle. Elle dit : "Je suis la dernière survivante de la tribu des Sentinel, dans un îlot perdu de l'archipel des Andaman, quelque part au sud du golfe du Bengale." Mon Dieu, comme elle a vieilli… Elle dit encore : "Je n'ai plus personne à qui parler. Je m'ennuie. Ma petite-fille Indira est quelque part sur la Terre, je suis sans nouvelles d'elle depuis des lunes." Elle dit enfin : "Reviens, ma fille, mais ne tarde pas trop…" »

Puis après un silence : « On retrouve Sati et on file aux îles Andaman. Tu veux bien ? »

On s'est encore disputés à cause du journal de Sati. Depuis plusieurs jours, j'insiste pour le lire.

« Pas question ! rétorque Apu. Ma mère m'a fait jurer sur sa tête ! »

Je boude à l'autre bout du lit, l'océan Indien entre nous.

« Sati a disparu depuis un mois ! je lance. Dans son journal, il y a sûrement une piste, un nom. On ne se volatilise pas comme ça, sans laisser de traces ! On a tout essayé. Les dieux, les esprits, les devins, les swamis, les astrologues. »

Et Apu secoue la tête, d'un air buté, comme un âne harcelé par une nuée de taons.

« La solution est dans son journal, Apu ! Et puis, moi, j'ai rien promis ! »

Allongé, un bras sur les yeux, il garde le silence.

« Apu, on est tout seuls à présent... » Il soutient mon regard implorant, soupire, se penche, tire le carton de dessous le lit.

« Tiens. »

Je jubile, le journal sur mes cuisses, avec sa couverture noire cartonnée.

« Qu'est-ce qu'il peut bien nous arriver de pire ? » dis-je en voilant la lampe de chevet. J'allume deux bâtonnets d'encens. Je suis prête. D'un hochement de tête, Apu me signifie qu'il l'est aussi.

« Nous devons aller jusqu'au bout, je murmure en l'ouvrant. Même si la nuit ne conserve pas la trace de nos pas... »

Mon fils,
Quand tu liras cette lettre, je ne serai plus là. Je veux te dire d'en haut, d'en bas, où que je sois, combien tu as compté pour moi. Nous n'avons jamais parlé, je veux dire vraiment. Passe-moi le sel était notre code pudique pour nous dire je t'aime.

N'aie pas de peine. Là où je suis, je vais bien, mieux. Même si je ne peux caresser tes joues de pêche et respirer ton odeur de pomme verte.

Je t'ai donné vie dans une ferme, près de Bénarès, avant de me sauver comme une voleuse.

Je m'en veux terriblement de t'avoir abandonné… Treize ans plus tard, c'est à nouveau moi, au milieu des bûchers funéraires. Viens, Apu, fais ton baluchon. On atterrit trois jours plus tard à Nithari. Et voilà que je disparais encore… Une mère en étoile filante, mon pauvre Apu.

À la ferme de mes parents, la vie était bonne et belle. Papa et maman ont fait un mariage d'amour, un trèfle à quatre feuilles dans la jungle de nos traditions. Nous étions très heureux jusqu'au jour où ils ont décidé de me trouver un mari. Libre à moi de dire oui ou non.

Je venais de décrocher ma licence en psychologie de l'enfant, à l'université de Mumbai. Aucun étudiant ne trouvait grâce à mes yeux. Des branleurs coincés, pustuleux. J'étais jeune, libre, je gagnais bien ma vie à l'hôpital en attendant l'homme qui allait enfin me rendre femme et heureuse.

« Nous venons de te trouver la perle des maris ! m'annoncent mes parents. Un docteur, frais émoulu de l'université d'Oxford, de la caste des brahmanes. » Un fameux parti… Une promotion sociale inespérée pour eux, de basse extraction.

Toute la famille était dans le corps médical. À la tête d'une des cliniques les plus modernes de la cité ! Une clientèle très huppée. Ils évoquèrent la propriété des futurs beaux-parents, dans le quartier résidentiel.

Les deux familles, selon les règles strictes, avaient validé un faisceau complexe de critères avant la rencontre. Caste, religion, situation sociale, clan familial, arbre généalogique, horoscope, astrologie, aspect physique, âge, profession.

« *Les astres vous sont particulièrement favorables, à Jasbir et toi !*

» *Ton futur est très intelligent, d'une parfaite éducation, bardé de diplômes, ambitieux, désireux de fonder une famille. Ses parents te proposent même de travailler à la clinique, tu auras ton cabinet de psychologue !*

– *À quoi ressemble-t-il ?* »

Maman brandit une photo : un adulte déjà, pas encore blet, olivâtre, aux cheveux gominés coiffés en arrière, dégageant un front étroit, les tempes poivre et sel, et une fine moustache en ver solitaire.

« *Il n'a pas le charme agressif, convint maman, mais son sérieux séduit. Il vient d'achever ses études en Angleterre.* »

La rencontre eut lieu une semaine plus tard dans leur propriété. Mes parents m'y traînèrent avec des allures de jardiniers endimanchés. Un manoir luxueux, sorti droit de ce film flamboyant, taratata, Autant en emporte le vent, *mon préféré.*

Papa essuyait ses lunettes en répétant, excellent. Maman s'extasiait et moi, en gants blancs, je transpirais sous mon voile, avec un sourire idiot de circonstance.

Le fiancé m'arrivait au menton, dressé sur ses ergots, le port de tête fier, un paon sans queue ocellée.

Sa sœur ? Du même ventre, une radiologue, qui me détaillait comme sur un marché aux esclaves.

Tous ces experts médicaux me passèrent aux rayons X. Ma future belle-mère roucoulait en jouant avec son collier de perles. Papa, à l'écart, ressemblait à un saint-bernard avec la dot en tonnelet de rhum.

« Tu apprendras à le connaître et à l'apprécier, me glissait maman, aux anges. Les plus solides mariages sont faits du ciment de la raison. L'amour ? Un feu de paille, ma fille. Tu as dégotté un mari exceptionnel ! »

Moi, je voyais un petit homme maigre et gris, rigide de maintien, au regard vide et glacé au-dessus de lèvres en lame de rasoir.

Le dimanche suivant, je décidais d'annoncer mon refus, sans appel.

Papa évoqua la dot qu'il devait verser, cinq cent mille roupies. Mon beau-père se récria : « Mais vous n'y pensez pas ! Cette coutume barbare est désuète ! Un décret de 1961 l'interdit sous peine de prison ! Quiconque fait de la dot l'obligation de son mariage discrédite son pays en déshonorant la condition féminine ! Comme disait le Mahatma Gandhi. Une pratique archaïque et condamnable qui humilie et engendre violence, misère, drames ! Si nos tourtereaux se plaisent, qu'ils nous donnent de beaux garçons ! L'argent ? Si vous insistez… Vous pourriez participer au progrès de la science. Actuellement nous investissons dans l'achat de deux échographes, dernier cri, made in USA. Cinq cent mille roupies... Une pure merveille scientifique ! Vous identifiez le sexe du fœtus à un mois. Incroyable !

Il commentait ce projet tout en nous pilotant dans une enfilade de pièces luxueuses, hautes de plafond, avec des meubles rares au style datant de ce roi français guillotiné.

« Au rez-de-chaussée, on échographie. En langage codé, SD, sex detection, mais aussi par jeu de mots, solution à la dot.

» Au premier étage ? Matériel opératoire très performant. À la corbeille les fœtus femelles. Zéro pour cent de mortalité des femmes opérées. Célérité, discrétion, efficacité.

» La planification familiale fixe un quota, deux bébés par couple. On s'adapte, avec nos techniques de pointe. Si le premier est une fille, le second doit obligatoirement être un garçon. Les femmes avortent jusqu'à ce qu'elles gagnent un fils. Nous évitons bien des drames et des faillites en privilégiant la naissance des mâles. Notre devise ? Au service du pays dans le respect des lois. »

Mon futur beau-père était un idéaliste. Il respectait la loi en la contournant. Une activité très lucrative, salivait-il, une flûte de champagne à la main.

« Une échographie coûte deux mille roupies. La patiente consulte deux fois si c'est un garçon. Quatre mille roupies dans le tiroir-caisse.

– Et si c'est une fille ? questionnai-je.

– *Direction le premier étage, avortement, avec vue panoramique sur le parc. Conditions strictes d'hygiène et de morale.*
– *De morale ?*
– *Parfaitement ! Trois jours de pension dans une chambre climatisée, TV en couleur, alimentation à la carte, grâce à notre diététicienne. Vingt mille roupies. C'est là que vous intervenez, ma fille... Certaines opérées exigent un soutien psychologique... »*

Il suait gras, ce dodu qui fleurait la violette. Toute la famille sur le pont, chacun à son poste, dans les règles de l'art.

Il attira notre attention alors que nous passions devant une publicité au mur. « Dépensez 20 000 roupies maintenant pour en économiser 500 000 plus tard ! »

Puis, me glissant sous le nez la dernière réclame maison : une caricature représentant une nouvelle-née dans une jarre d'eau, une sucrerie dans la bouche, et une main secourable sur le point de rabattre le couvercle sur elle, et cette légende, « Maintenant meurs et envoie-nous un frère ! »
« Drôle, non ?
– *Mais votre business ne tombe-t-il pas sous le coup de la loi ? »*

Le vieux farceur éclata de rire.

« Dans les hôpitaux publics, il est strictement interdit de révéler le sexe du fœtus. Des affiches représentent un fœtus dans le ventre de sa mère, qui exige le droit de vivre. En bas, en gros caractères

noirs, des mains menottées pour rappeler que connaître le sexe du fœtus est passible de prison. Nous respectons la loi à la lettre ! Quand une patiente nous interroge ? Si je dis, apportez des bonbons, cela signifie, réjouissez-vous, ce sera un fils. Ou bien, revenez vendredi, friday, pour female, ou revenez lundi, monday, pour mâle. Comprenez-vous ? Ah ma petite fille, quel bonheur de vous recevoir dans notre belle famille ! Vous travaillerez en bout de chaîne, vous remettrez les esprits à l'endroit ! » Puis, claquant des doigts : « Notre code est très sophistiqué ! Quand nous levons un doigt ? Une fille. Deux doigts, en signe de victoire.

– C'est bon. J'ai compris.

– Si c'est un garçon, on sourit. Sinon, on grimace ! » me chuchota Jasbir. Puis, son souffle dans mon cou : « Je souhaite vous voir sourire, ma chère ! »

Mère gloussait, en jouant avec son cou sans perles, sur une pointe de fesses, elle en oubliait de boire son thé à la bergamote. Un conte de fées ! L'échographe ? Une machine à génocide, plus redoutable que la chaise électrique. Entre 1985 et 2005, six millions de fœtus femelles à la poubelle, soit trois cent mille par an. Résultat ? Il manque trente-six millions de femmes en Inde. À Delhi, un viol tous les jours. Les fœtus qui en réchappent deviennent une très lourde charge. Souvent, à la naissance, on les laisse mourir de faim, on les étouffe, on leur verse du lait chaud dans les narines, ou une soupe épicée qui détruit les intestins. On brise leur colonne vertébrale, on les empoisonne avec de la décoction de tabac. La caloptris ? Une plante miracle au lait toxique qui provoque une mort foudroyante.

Jasbir me talonnait, les mains dans le dos, grave et constipé, en énumérant le nombre de pièces du manoir, les lustres, les araignées, les souris. Une bouche à débiter des chiffres en cascade, et ce sourire caoutchouté qu'il distribuait généreusement à la ronde, à moi, aux domestiques, aux écureuils du parc qui préféreraient des noisettes.

Une sueur glacée me chatouillait le dos. Je n'imaginais pas du tout Jasbir en train de gigoter sur mon ventre, en exigeant d'innombrables droits conjugaux...

« Je continue ? je murmure.
– Oui… Indira. »

Je ne veux pas de ÇA, ai-je décrété de retour à la maison.
– Ton père s'est déjà lourdement endetté en hypothéquant les terres et la ferme, me confia maman. Il a même versé deux cent mille en acompte à ton futur beau-père. Impossible de faire machine arrière…
– On s'était bien mis d'accord. Au final, je choisis, c'est oui ou non !
– Excellent », murmurait papa, le sourire égaré.
Les noces durèrent trois jours. Papa avait loué les salons privés du Taj Palace, trois cent dix

invités venus de toutes les régions de l'Inde qu'il a fallu loger à l'hôtel. Des noces fastueuses, avec buffet royal, champagne à volonté, les meilleurs orchestres de Mumbai et un concert exceptionnel de Ravi Shankar.

La presse commenta l'événement mondain. Papa régla toutes les factures, suant d'abondance et nettoyant la buée de ses lunettes. Excellent.

Le premier soir, je me retrouvais en tête à tête avec le pyjama-zèbre. Un frais époux, très British, au sourire caoutchouté. Allait-il enfin le glisser au fond d'un verre comme un dentier...

Il évoqua la commande des deux échographes, les deux cent mille versés, les trois cents mille restants.

Comment papa, surendetté, allait-il sortir du piège...

L'incident éclata le second soir des noces, dans le petit salon. Mon beau-père somma papa de s'expliquer sur son récent achat de cinquante hectares de terre arable. « Pourquoi ne m'en avez-vous jamais parlé ?! Si vous voulez mon fils, ajoutez trois cent mille roupies, total huit cent, reste six cents. À prendre ou à laisser !

– Allons-nous-en ! » me suis-je écriée.

Père promit de verser la somme restante, cash, le mois suivant. Incident clos.

La seconde nuit de noces, le pyjama-zèbre énuméra les richesses de sa famille, ses judicieux placements dans l'immobilier. Puis il condescendit à me rejoindre sous les draps. Il glissa son sexe-limace dans ma main, gigota quelques secondes avant de se reculotter, vexé. Une épouse pas du tout douée pour lui jouer de la flûte de Pan.

« *C'est trop tard, me dit papa. Je leur dois six cent mille, une dette d'honneur. J'ai tout hypothéqué. Même si je vends mon sang, mon foie, un rein, comment vais-je pouvoir rembourser tous ces emprunts...*

– Je divorce ! Je refuse de vivre une seconde de plus avec ces canailles !

– Que penseraient notre famille, nos amis... Ce serait le déshonneur. Sois courageuse, ma fille. »

La troisième nuit de noces, je dus subir le pyjama-zèbre sur mon ventre, son haleine de putois, ses laborieux ahanements, son sexe-limace qui exigeait des gâteries ahurissantes... Je ruais, il s'écroula sur la descente de lit. Il arpenta la chambre avec une dignité bafouée de roi en exil.

« *Savez-vous que ces pratiques charnelles qui vous rebutent tant sont courantes chez les Anglaises, qui en raffolent ?*

– Allez donc vous faire sucer chez vos Britanniques ! »

La belle-famille plaignit le pyjama-zèbre d'avoir épousé une frigide, du genre à écarter les cuisses en pensant très fort à l'Inde.

Je tombai enceinte. L'échographie identifia un fœtus femelle.

Le beau-père m'injecta des vitamines. Au réveil, on m'apprit que je venais de faire une fausse couche. Plus question de m'attribuer un cabinet de psychologue. Les repas me pesaient. Ils maudissaient mon ventre capricieux, pas fichu de pondre un garçon. Et puis les six cent mille roupies tardaient, pour régler les traites des échographes. Ton père ? Un escroc ! Il rira moins devant les tribunaux...

J'étais très inquiète. Harcelé par une armée de créanciers, au taux usuraire de 30 %, papa n'avait aucune chance de s'en sortir.

Recluse dans ma chambre, interdite de table et de sortie, ils me séquestraient en attente du règlement de la dot. J'avais le choix entre la défénestration ou le poison. À moins que l'époux ne me vitriole.

Je tombais à nouveau enceinte. « Un ventre à pondre des pisseuses se lamentait ma belle-mère. Elle le fait exprès ! Pourquoi mets-tu autant de mauvaise volonté ? Tel père, telle fille ! » Insultes, menaces. Je dus avorter.

Ils congédièrent deux domestiques. Je les remplaçais au pied levé. Fainéante ! Balaie, frotte, lave. Gagne le riz que tu nous manges !

À qui me plaindre, quel recours...

Le pyjama-zèbre fit chambre à part. Il forçait ma porte, certaines nuits, ivre, en me traitant de putain. Il se retirait, l'honneur sauf, avec cette dignité honorable d'éjaculateur précoce.

Mourir, oui, j'étais prête. Une libération.

Je tombais enceinte pour la troisième fois. Enfin, un fils. Il était temps. Ils sablèrent le champagne en oubliant de m'inviter. On félicita le pyjama-zèbre.

On me traitait avec égards, haut, bas, fragile. On allégea mes corvées domestiques. J'eus droit à des petits déjeuners princiers, œufs à la coque, bacon, saucisses, lait frais, toasts, jambon, jus d'orange, marmelade anglaise amère, miel d'acacia.

Papa est venu ce matin, amaigri, méconnaissable. Il a tenté en vain de négocier un report de sa dette.

Il a caressé mon ventre rond en s'éclipsant. « Excellent, ma fille... dans quels draps... »

Le soir même, maman m'a téléphoné. Ton père vient de se pendre au flamboyant de la cour. Dans la nuit, elle s'est immolée sur le bûcher funéraire.

Mes beaux-parents ont évoqué le double incident au petit déjeuner. Depuis 1987, cent soixante-cinq mille paysans se sont suicidés. À l'origine, surendettement, sécheresse, dots. Sur maman ? Pas un mot. Déjà de son vivant, à leurs yeux, elle existait si peu.

Tu vas naître dans un mois, Apu. Un soir, je surprends sous mes fenêtres le pyjama-zèbre et sa mère en train de comploter.

« Au lieu de s'acquitter de sa dette, le lâche se pend ! fulminait la mère. Six cent mille roupies en fumée !

— Et maintenant, qu'est-ce qu'on fait ? Il faut régler impérativement les échographes !

— Il y a une solution, mon fils. Tu dois te marier.

— Mais je le suis déjà !

— Écoute donc. Elle accouche de ton enfant. Elle déprime, avale des cachets. Le suicide, c'est dans les gènes !

– *Hum... Quand je pense... au lit, figure-toi... Une bonne à rien !*

– *On va te trouver une vraie femme, issue de notre milieu, une brahmane, riche et cultivée, avec des hanches fortes pour porter tes fils !*

– *Mais l'autre... Si elle refuse les cachets ?*

– *Eh bien, elle se pendra !*

– *Les poutres sont hors de portée...*

– *Ce ne sont pas les moyens qui manquent ! L'acide, le pistolet, le bûcher... ou bien... un tueur à gages. À un feu rouge, à moto, à sa hauteur, une balle dans le crâne. Du travail de pro. Coût, cent dollars US.*

– *Ces tueurs à moto... ils flinguent aussi dans les maisons ?*

– *Oui. Mais c'est cinq cents dollars.*

– *Va pour le feu rouge...*

– *Il y a mieux et moins cher... Et même gratuit. Et ça reste en famille...*

– *Quoi donc ?*

– *Le poison, incolore, sans saveur, indécelable, foudroyant comme le cobra. À l'autopsie ? Crise cardiaque. »* Puis d'une voix étouffée : *« J'ai justement une fiole, avec une tête de mort sur l'étiquette, sur la haute étagère de la cave. Dix gouttes et bon voyage !*

– *Ma nouvelle fiancée peut nous rapporter une dot d'un million de roupies.*

– *Ou le double. Mais avant, débarrassons-nous de cette salope. »*

Cette nuit-là, je suis descendue à la cave. J'ai repéré tout de suite la fiole à tête de mort. À l'aube, dans la cuisine, je prépare le petit déjeuner pour toute la famille. Ils sont surpris et ravis, d'excellente humeur. Dix minutes plus tard, ils s'écroulent la tête la première dans les confitures. Je saute dans un taxi. Direction la gare. Deux semaines après, j'accouchais de toi, à Bénarès. J'ai dû te confier à un oncle avant de me cacher.

Tu ne sauras rien sur les treize années écoulées avant que je ne revienne te chercher. À choisir, j'aurais préféré l'enfer.

Après le quadruple empoisonnement, le fils cadet, à l'université de Cambridge, est rentré en catastrophe. Ma photo était affichée partout. J'étais devenue l'ennemie publique, recherchée par le CBI, et une escouade de détectives. Une traque implacable. Plus d'une fois, j'ai failli être prise...

À Nithari, nous sommes à peu près en sécurité. Je sors voilée, je frôle les murs, je préfère les ténèbres à la lumière. Ma joue vitriolée ? C'est mon secret.

Je t'embrasse, mon Apu. Ces deux années passées ensemble sont les plus belles de ma vie. Même si je t'ai toujours dit, passe-moi le sel, au lieu de je t'aime.

Je me tais. Des larmes brouillent ma vue. J'ai peine à lire la fin.

Indira saura te rendre heureux. C'est une fille exceptionnelle qui a aussi traversé des cercles de feu. Offre-lui cette barrette, je serai ainsi dans ses beaux cheveux.

Je fixe aussitôt dans ma chevelure un magnifique papillon en porcelaine rose, avec des yeux vert émeraude et des ailes frangées d'or.

Un numéro de téléphone est griffonné au crayon au bas de la dernière page : 098767443675431.
« Ça te dit quelque chose ? je demande à Apu.
— Mais c'est le portable de Sati ! »
Comment pareil indice a-t-il pu nous échapper... On s'est habillés et on a couru sous la lune jusqu'au coin de la rue, à la cabine publique. Pas un chat.

Je glisse une pièce de cinquante paishas dans la fente. Une sonnerie, interminable. Soudain, quelqu'un décroche... Un souffle lourd, sur le qui-vive, à l'autre bout du fil.

On devine tout ça, l'oreille contre le combiné. Un silence qui s'éternise, méfiant, plein de piquants. L'autre est sur le point de raccrocher. Je me jette à l'eau.

« Sati ? » je murmure.

L'autre se racle la gorge, surpris, par trois fois, *crescendo*. Un bruit étrange, familier... Nous nous interrogeons, en silence, mais où donc...

Je serre si fort le combiné que mes jointures blanchissent. Soudain, je dis :

« Koli ? »

Après quelques secondes, une voix sourde d'homme :

« Qui c'est ? »

C'est bien lui, ce ton rauque.

« Koli, je sais que c'est toi… Où est Sati ?

– Qui c'est ? répète-t-il têtu.

– Indira. Où est Sati ? »

Il se racle à nouveau la gorge et, comme tu appâtes un chaton avec une soucoupe de lait, il marmonne tout bas :

« Viens, Indira… et tu sauras… » Il raccroche.

DEUXIÈME PARTIE

L'enquête

Quand je me réveille, le soleil est déjà haut et la place d'Indira, vide. Elle n'est ni dans la chambre ni sous la douche.

Je m'habille en catastrophe, appréhendant le pire. Malgré ses promesses, nos serments ! On ne décide rien sans l'autre !

Durant mon sommeil, elle a filé se jeter dans la gueule du loup. Cette grande frayeur qu'elle m'offre au saut du lit ! Indira est capable de toutes les audaces, et de perdre la vie, avec une insolente assurance, cette longue tige d'un mètre soixante-quinze taillée pour le patin à roulettes.

C'est un lundi, je m'en souviens bien. Je cours à l'école. Elle n'est ni en classe, ni sous le préau. La concierge ne l'a pas vue aujourd'hui.

Un sale cauchemar, j'ai hâte de me réveiller. Sans Indira, je suis un oiseau mazouté. Mais quelle porte, quelle bouée… Autour de moi, rien que des bras cassés. Vikran et son mur des lamentations… La maîtresse ? En confettis. Quand elle a appris le passé de maman… elle a quitté le poste de police, dans la nuit, tête basse, comme on s'entraîne sur le chemin du cimetière…

Pourquoi Indira a-t-elle violé notre accord… Une douche brûlante au fond de la cour ne me détend pas. Entre mes tempes résonne encore la sonnerie du téléphone, la nuit dernière. Et ce raclement de gorge, *crescendo*, puis cette voix basse.

Koli ?

Qui c'est ?

Koli, je sais que c'est toi… Où est Sati ?

Qui c'est ?

Indira. Où est Sati ?

Viens, Indira… et tu sauras…

La tête en feu, je cavale jusqu'à la villa. Pas un bruit. Portes et fenêtres fermées, elle semble inhabitée. Je sonne, personne ne m'ouvre. Je m'assieds sur le talus où tout a commencé.

Un chien vagabond vient lécher ses plaies, à mes pieds. Avant de disparaître en boitillant de la patte arrière.

Si je compte jusqu'à mille, Indira réapparaîtra, me dis-je. À condition de le vouloir, très fort. Après vingt mille, j'ouvre les paupières, je suis toujours seul.

J'ai promis vingt ans de ma vie. À condition. Un contrat d'honneur, une main sur le cœur. Mais Indira demeure désespérément absente.

Le vent brûlant du désert secoue Nithari comme un tapis plein de poussière. Le soleil tombe d'un coup derrière l'horizon. Je suis toujours là, en attente, l'esprit vide, face à la villa blanche silencieuse.

Une gamine de cinq ans, avec un joli ruban jaune dans les cheveux, me tire par le bras depuis un moment. « S'il te plaît, attrape-moi ce papillon ! »

La sueur me brûle les yeux. Je suis son doigt, pointé à la surface de l'égout, une tache rose sur un sac-poubelle. Je m'allonge sur le ventre, dans un état second, je tends la main, mais le papillon demeure hors de portée. Je rampe tout au bord, je réussis à le saisir entre le pouce et l'index, très délicatement, pour ne pas lui briser les ailes. Il est tout rose, avec des yeux globuleux vert émeraude et des ailes frangées d'or. La barrette de Sati qu'Indira a fixée dans ses cheveux.

1ᵉʳ juin

Depuis hier, je vis en l'air, sur le toit du château d'eau qui surplombe la villa, en sentinelle, bien caché, à l'abri des regards. De la tour circulaire en béton armé, j'ai une vue plongeante et dégagée sur les portes de devant et de derrière, le verger, la buanderie au fond du jardin. Un poste de guet idéal, rien ne peut m'échapper. Je note les allées et venues sur un carnet, les coups de fil que passe sir Singh, de sa chambre du premier étage. J'entends tout.

C'est décidé. Je resterai là-haut jusqu'à ce que je démasque les coupables. Un flagrant délit... Je me trompe, qui sait. Les criminels vivent peut-être ailleurs, à Noida ou dans la capitale. Un gang de kidnappeurs parfaitement organisé, la voiture noire freine à hauteur de la gamine, un homme se saisit d'elle, l'attire sur le siège arrière, presse un tampon de chloroforme sur son visage, elle cesse de se débattre, l'auto disparaît.

Impossible de crocheter portes et fenêtres de la villa, malgré mes tentatives la nuit dernière. Elle est aussi blindée que l'Union Bank of India.

J'accède au toit par une échelle en fer, discrète, par-derrière. À dix mètres en l'air, une rambarde métallique me protège. Je passe mon temps à épier et ramper.

Mon royaume ? Un champignon effilé en béton, coiffé d'une rotondité qui embrasse la villa, le pont en bois, l'égout, le terrain vague avec, là-bas, les villas et bungalows cossus de Noida, au milieu des bougainvillées.

Ne jamais désespérer, me souffle Indira, perchée sur mon épaule droite. Un combat sans fronde contre le géant Goliath.

Naveen Chaudhary, le voisin de sir Singh, partage la cour arrière. Bonjour, bonsoir, des voisins pressés. Chacun chez soi. Deux hommes seuls, très occupés.

Le ciel est chauffé à blanc. Des marchands de fruits et de légumes klaxonnent devant le portail, passent leur chemin.

Cet après-midi, des gamins disputent un match de foot sur le terrain vague, des roseaux pour les buts, une balle de chiffons. Accoudé au portail, Koli suit la partie acharnée. Sir Singh travaille au premier.

Le plancher de métal me brûle. Je change de position. À partir de 10 heures, le toit devient une fournaise.

Vikran et Aryana sont dans le secret. Le soir, je descends en catimini pour courir prendre une douche et dévorer une platée de riz avant de regagner mon poste. Vikran enquête de son côté. RAS. Rien à signaler.

2 juin

« Grand-mère Bôa est notre dernier espoir. C'est la plus grande chamane des îles Andaman. Elle protège tous les membres de notre tribu, voyage dans les étoiles ou en enfer, pour ramener les âmes égarées dans les corps sans vie… »

C'est la dernière nuit. Indira vient de téléphoner. Koli lui a dit : Viens, Indira… avant de raccrocher.

Dans mes bras, au fond du lit, Indira se confie pour la première fois.

« Bôa est la seule à pouvoir nous aider. Elle travaille avec les ancêtres, les esprits, les dieux. Elle saura qui se cache derrière toutes ces disparitions.

» Je suis une petite sauvage de la tribu des Sentinel, dans le golfe du Bengale, à deux mille kilomètres au sud de Calcutta, à l'ouest de la Birmanie, au-dessus de la Thaïlande.

» Mon île sans nom n'existe pas sur la carte. Elle flotte à l'écart des voies maritimes.

» Un collier de sable blanc la ceinture. Une jungle luxuriante déboule sur les plages, avec ses jaguars, ses sangliers, ses cerfs, ses soixante-dix espèces de serpents qui mordent les pierres.

» Au centre, une montagne si haute qu'elle chatouille les étoiles. Une barrière de corail nous protège des requins. Les eaux chaudes, émeraude, transparentes, éblouissent avec leurs arcs-en-ciel de poissons.

» On a cru très longtemps que nous étions les seuls habitants de la Terre. Au-delà ? Le vide avec un dieu bienveillant, entre le bleu du ciel et la mer indigo.

» D'énormes tortues viennent pondre sur la plage. L'école, c'est la nature. Nos maîtres ? C'est les anciens qui nous apprennent à déchiffrer. Nous sommes la fleur, le vent, le ciel, la vague, en un mot, le clin d'œil de Dieu.

» Parfois un avion strie le ciel, une voile blanche froisse l'horizon. Mais trop haut, trop loin, pour nous inquiéter vraiment.

» Un pêcheur birman naufragé nous a appris que d'autres tribus sauvages, comme nous, vivent dans l'archipel. Mais des étrangers venus de l'Inde ont envahi leurs territoires, les bras chargés de cadeaux, et de maladies aussi, qui ont décimé ces peuplades, la rougeole, la grippe, la pneumonie, la syphilis.

» Ces étrangers plantaient des poteaux, déroulaient des kilomètres de barbelés. Quelle folie. La terre n'appartient à personne. Elle est notre mère nourricière…

» Ces envahisseurs, cadenassés d'habits du menton aux talons, avaient la fâcheuse manie de tout compter : arpents, cocotiers, arbres aux essences rares, poissons, fruits. Les animaux se mirent à disparaître, tout ce qui court, nage, vole. Ils saignèrent le sol pour construire des routes et abattirent des arbres.

» Quand les filles refusaient de les suivre au campement, ils les violaient sur place. Les primitifs découvraient la loi, le progrès, la civilisation.

» Les envahisseurs méprisaient les tribus. Les cinq mille Jawara, trop confiants, fondirent en un an à cinq cents.

» New Delhi voulait civiliser ces archipels, construire des églises, des maisons en dur, des casernes, des postes de police, des prisons, des palais de justice.

» Ils obligèrent les tribus à abandonner leurs territoires et à s'installer dans de gros villages en ciment. Sans racines, sans arcs, sans activité de pêche et de chasse, ils se laissaient mourir d'ennui. Interdiction de parler leurs dialectes, d'exhiber les os des défunts autour du cou, de la taille. Ils se sentaient nus, vulnérables, cuisant dans leurs habits, sans protection de l'au-delà.

» Fonctionnaires, braconniers, trafiquants, forestiers, aventuriers, touristes envahirent sous tous les prétextes les îles Andaman et Nicobar. Ils pêchaient à la dynamite, chassaient les sauvages. Ceux qui étaient regroupés dans les ghettos s'affaiblissaient à manger la nourriture des villes. Sang, muscles, cerveau. Les dents tombaient.

» Jawara, Grands Andamanais, Bô, Onge et autres tribus vieilles de soixante mille ans furent détruites par les épidémies. Les survivants perdirent terres et liberté.

» Grand-mère Bôa est la dernière survivante des Sentinel. Ma tribu n'a pas fait la une des médias, à l'instar des tigres, des ours polaires, des bébés phoques menacés d'extinction.

» Tu te demandes par quel miracle j'ai atterri à Nithari… À cause du tsunami de juillet 1994. Je venais d'avoir cinq ans.

» Ce jour-là, au petit matin, la terre a tremblé, la mer s'est aussitôt retirée sur deux kilomètres, aspirée par l'horizon. On était sur la plage, à chasser la tortue. Et puis, l'horizon s'est mis à bouillir comme du lait dans un chaudron. Sauve-qui-peut dans les collines ! nous a crié grand-mère Bôa. On a lâché les filets pour courir aussi vite que possible. Et soudain, la vague est apparue, gigantesque, comme une fin du monde annoncée, léchant déjà le toit du ciel, avant de déferler sur notre île à la vitesse d'un pur-sang au galop. Elle s'est fracassée sur la plage, brisant tout sur son passage, avant de buter sur les collines et refluer vers le grand large, ramasser ses forces vives en menaçant à nouveau de briser notre île comme une noix.

» Le lendemain matin, deux hélicoptères nous ont survolés. Nous les avons accueillis par une volée de flèches.

» Une semaine plus tard, dans la nuit, un commando nous a embarqués de force.

» Un député indien, Bishnu Ray, a décrété qu'il était grand temps d'intégrer les populations primitives, les enfants en priorité, dans des camps au sud du pays.

» Je me suis retrouvée avec cent cinquante enfants de ma tribu dans un monde de barbelés, appelé le Refuge.

» Au bout d'un an, tous les mômes se sont laissé mourir, dans l'indifférence générale. Des petits sauvages entre l'âge de pierre et du fer. Cela ne compte pas.

» Je me suis sauvée en sautant sur le toit d'un train qui filait vers le nord. J'ai survécu... »

Indira m'embrasse, avant de murmurer : « Le reste ne regarde que moi... »

3 juin, 10 heures du matin

Koli ouvre le coffre, range une valise. Sir Singh, au volant, lui lance les dernières recommandations. Ouvre l'œil !

Nithari, 25 000 habitants, autant de criminels. *Dixit* Rathore.

Koli agite la main, court quelques instants derrière la limousine noire qui disparaît à petite vitesse en direction du rond-point, à cinq cents mètres de là, avant de s'élancer en direction de Shrinagar. Sir Singh va passer le week-end en famille.

Quinze heures. Des gamins disputent un match de foot sur le terrain vague. Koli distribue des friandises et de la monnaie en ébouriffant des crinières. Ses enfants doivent lui manquer, l'aîné de quatre ans et l'autre de six mois. Un silence de cimetière dans la villa.

Koli fume un cigarillo dans le crépuscule, le cœur gros, les mains en trop. Il se balance d'un pied sur l'autre, l'épaule gauche plus haute que la droite.

Il allume les globes qui encadrent le portail. Les citronniers parfument le soir. Il disparaît. Un gardien maussade qui s'ennuie.

Me procurer une moustiquaire en prévision de la nuit. Je suis couvert de cloques. Les moustiques me harcèlent jusqu'aux aurores. Interdiction de me claquer le corps.

Koli effectue sa ronde avant de rentrer. Pas une fois, il ne songe à lever les yeux dans ma direction.

J'ai récupéré un tapis de sol, une bouteille d'eau, des dattes, un sifflet, une vieille paire de jumelles, un carnet sur lequel je note tout. Mais rien ne se passe. Cela risque de durer. Trois jours de planque inutile. Cette obsession de croire sir Singh et Koli coupables. Le flagrant délit à tout prix. Si finalement, ils étaient aussi innocents que vous et moi…

Et si des fois…

J'évite de trop me poser de questions pour ne pas enjamber la rambarde et sauter dix mètres plus bas.

4 juin, 7 heures du matin

Le laitier dépose une bouteille devant le portail. Koli surgit, récupère le lait. Il se racle la gorge, crache en direction de l'égout, disparaît à l'intérieur de la maison.

8 h 45 – Naveen Chaudhary, le voisin, sort l'auto du garage, klaxonne trois coups. Koli surgit aussitôt, range une petite glacière sur le siège arrière sans échanger un mot. Le docteur embraye, agite la main, s'éloigne en cahotant sur le chemin de terre, en direction de sa clinique rose, à un kilomètre de là, toute neuve, en bordure du périph.

Un manager très classe, les tempes argentées, une perle blanche piquée à sa cravate noire.

10 h 10 – Maya la domestique surgit en sari rouge sur le pont en bois qui enjambe l'égout. Une allure infernale, maquillée comme un masque de circoncision.

Une petite fille de six ans joue à la poupée sous un arbre, près de la villa. Maya s'approche d'elle, tout sourires, chuchote. Que lui raconte-t-elle… Trop loin. La petite saisit la sucette verte avec de gros yeux gourmands. « Tu es une très jolie petite fille », dit Maya en lançant un regard d'intelligence à Koli, sur le perron.

Elles s'avancent vers le portail, la petite hésite.

« Tu aimes la glace à la mangue ? »

La petite irradie de joie, son frais minois levé vers Maya, qui la tire vers le perron.

« Aïe, tu me fais mal ! » s'écrie la gamine. Sa sucette tombe dans la poussière. Elle éclate en sanglots.

« Laisse donc ! dit Maya, j'en ai de meilleures, à la maison ! »

Le sifflet à la bouche, je suis prêt à donner l'alerte. Tant pis pour ma planque. Koli et Maya la prennent chacun par la main, grimpent les trois marches jusqu'à la porte.

« Je veux ma maman ! » crie soudain la fillette.

Maya interroge Koli du regard, qui acquiesce. Encore un mètre. La petite hurle. Un rickshaw freine brutalement devant la villa.

« Viens, tout de suite ! » crie le chauffeur, d'un ton ferme.

La petite bondit dans les bras du taxi, qui la serre contre lui.

« Ta maman s'inquiète ! gronde-t-il. Ça fait deux heures qu'on te cherche ! » Il pédale en lançant un regard soupçonneux par-dessus l'épaule, en direction du couple immobile, sur la dernière marche du perron.

Je range mon sifflet.

5 juin, 12 h 15

Sir Singh rentre de Shrinagar. Il klaxonne trois coups devant le portail. Koli accourt et ouvre les battants.

Sir Singh prend une douche, déjeune dans sa chambre. Le téléphone sonne sans arrêt. Koli ricoche du combiné à la table de son maître, qui déguste du porc à l'ananas. Parfois, il répond. Le plus souvent, il n'est là pour personne. Le monde entier se bouscule pour lui parler.

Une personnalité aussi importante, à la tête de dix sociétés, et qui nourrit cinq mille employés et leurs familles.

Si j'avais une graine de bon sens, j'irai me noyer dans le fleuve, les poignets attachés dans le dos.

Sir Singh sieste. Un vent chaud agite sa moustiquaire.

Au balcon du premier, Koli examine le terrain vague, sa langue frétille d'agacement. Pas l'ombre d'un footballeur ni d'une gamine. Il se racle la gorge, les mains en visière.

Le crépuscule tombe, sir Singh émerge, ébouriffé, torse nu, poilu, la bedaine blanchâtre. Il déguste une bière bien fraîche, accoudé à son balcon. À quoi pense un politicien qui tutoie Sonia Gandhi, la présidente du Parti du Congrès, au pouvoir ?

Sir Singh travaille une petite heure à son bureau, le climatiseur vrombit dans son dos comme un bombardier.

Il agite la clochette. Koli accourt avec une nouvelle bière. Un parfum de curry me chatouille les narines, moi qui me contente de dattes crissantes de sable.

Après le dîner, les jambes sous la table, sir Singh tète un cigare, un vieux nourrisson nostalgique du sein maternel.

Koli quitte la villa, s'enfonce, furtif, dans la nuit. Un moment après, il revient, traînant avec lui trois putains fardées, trop parfumées.

Avant l'aube, elles s'éclipsent, ivres, agitant la main dans un tintement de bracelets d'argent. Sir Singh répond, accoudé au balcon, dans un rayon de lune. J'évite de me claquer le visage...

7 juin

RAS. Rien à signaler.

8 juin, 10 h 40

Je franchis le pont en bois d'un pas décidé, ombrelle au poing. Le portail est ouvert. Sur le perron, je me fais violence pour ne pas jeter un œil en direction du château d'eau où se cache Apu.

« Mon maître ne peut pas vous recevoir, mademoiselle Aryana, dit le domestique qui referme déjà la porte. Je veux voir sir Singh ! », je m'écrie en forçant le passage.

Alerté par le tapage, sir Singh surgit au sommet des escaliers. Ses traits s'éclairent, il me reconnaît. Il descend avec précipitation, les bras grands ouverts, comme s'il espérait ma venue depuis cent ans. « Quelle surprise, mademoiselle Aryana ! »

Il m'invite à passer au salon.

« Où est ma fille Indira ?

— Par ces chaleurs, se mettre dans ces états ! À nos âges, c'est mauvais pour le cœur !

— Épargnez-moi vos réflexions de comptoir !

– Votre fille ? Tiens donc ! » Puis dans un soupir comique, prenant le ciel à témoin : « Ça devient une manie ! Dès que quelqu'un disparaît, on vient sonner chez moi ! »

Koli surgit avec le plateau de rafraîchissements.

« Toi ? Du balai ! » Je renverse verres et bouteilles.

Koli se jette à genoux, ramasse les débris. Sir Singh le rassure d'une grimace. Une vieille fille ménopausée qui perd la boule.

« Tu nettoieras plus tard, lui dit sir Singh, rassurant.

– J'ai les noms de tous les témoins qui affirment avoir vu entrer dix gamines dans votre maison !

– Qu'ils viennent, qu'on s'explique une bonne fois pour toutes », réplique sir Singh, impassible. Puis d'un ton mondain : « Comment va votre cher cousin ?

– Il vous emmerde ! »

J'examine les recoins sombres du salon, les rideaux écarlates, les meubles d'époque, les photos magnifiques encadrées aux murs, souvenirs de chasse, et les animaux empaillés, tapis dans la pénombre, une jungle à l'affût, becs, serres, crocs, sur le point de me voler dans les plumes. La sueur perle sur mes moustaches oxygénées.

Un décor parfaitement sinistre pour étrangler des petites !

Koli se poste derrière son maître.

« Pourquoi possèdes-tu le portable de Sati ? »

Koli bredouille en fixant ses sandales. D'une voix traînante, il résume l'incident.

« Le matin où Sati vient pour l'annonce, elle est trop pressée de courir à son rendez-vous à Noida. "Passez par la porte de derrière, lui conseille mon maître, vous serez plus vite rendue…" »

Sir Singh acquiesce et l'encourage à poursuivre son récit.

« Sati oublie son téléphone sur la table. Je cours après elle, mais elle est trop loin, là-bas dans le terrain vague. Mon maître me dit : "Tu le lui donneras demain matin, quand elle viendra prendre son service." Mais Sati ne vient pas. Mon maître me dit : "Rends-lui son portable." Mais personne ne peut me dire où elle habite… Mon maître me rassure. Un jour ou l'autre, elle viendra le récupérer. Il le garde dans sa chambre.

– Un doigt de liqueur de mandarine, mademoiselle ? »

J'écarte le verre, le contenu se répand sur le tapis persan.

« Vous seriez capable de me droguer comme vos autres victimes ! »

Sir Singh éclate de rire, imité à retardement par Koli.

Je résume le coup de fil nocturne d'Indira, les raclements de gorge de Koli. « Viens et je te dirai… C'est bien tes paroles ?!

– Votre Indira n'a jamais mis les pieds ici, lâche sir Singh, agacé.

– Elle est d'abord passée chez moi pour m'informer qu'elle se rendait chez vous. Vous mentez mal sir Singh…

– En chemin, elle aura changé d'avis », réplique-t-il en haussant les épaules. Un œil sur sa montre-bracelet. « J'ai un travail urgent… dit-il en se redressant.

– Indira est venue ici, je le sens. Elle n'en est jamais ressortie ! » Puis, sautant sur mes pieds, je me penche vers lui : « Avant votre installation à Nithari ? Des fugues, certes, mais rien de grave. En 2006, vous achetez cette villa. Les disparitions commencent. L'année suivante, le rythme s'accélère. Quarante victimes, à ce jour, sir Singh.

– Asseyez-vous, Aryana. Écoutez-moi. Savez-vous combien d'enfants disparaissent chaque année ? Cinquante mille. L'an dernier, rien qu'à New Delhi, six mille deux cent vingt-sept. Et vous venez me chercher des poux en m'accusant de quarante disparitions ? Si vous étiez dans votre état normal ? Diffamation. Rendez-vous au tribunal. Mais vous êtes surmenée. J'excuse votre irruption intempestive, vos propos délirants. Vous m'interrompez en pleine préparation des élections. » Puis, d'une voix humide : « Ces disparitions me touchent autant que vous. Vous aurez beau coller vos affichettes dans les lieux publics, avec photos, noms des malheureuses victimes, vous n'obtiendrez aucun résultat. Moi, j'ai un plan autrement plus efficace. Quand je serai ministre, je mobiliserai tous les moyens, m'entendez-vous, pour lutter contre ce terrible fléau. Nous devons protéger nos enfants. Ils fuguent et atterrissent dans la pornographie, les bordels pour camionneurs le long des axes routiers. D'autres, victimes de la mafia, mendient dans les gares, les squares, les quartiers résidentiels en se traînant sur des moignons, jambes et bras brisés. Tout cela doit changer, je m'y engage ! »

J'étouffe un sanglot. Des visions d'épouvante jaillissent des recoins sombres, des échos de plaintes, de cris et de pleurs. Je saisis une bouteille de liqueur à portée, je bois au goulot.

J'examine sir Singh... Comment est-ce possible... Un port noble, aristocratique, probablement le futur Premier ministre, en octobre... Les murs renvoient des échos de mômes bâillonnées, en larmes...

« Votre bras long ne vous sortira plus d'affaire quand le scandale vous éclaboussera, sir Singh ! Qui êtes-vous, Lucifer, le bâtard de Gilles de Rais ? Un solide dossier attend dans mon coffre-fort, et une copie prête à atterrir dans l'heure, sur le bureau du procureur, si je disparais. Vous trompez tous ces analphabètes, croupissant dans la misère, ah ! vous avez beau jeu ! Depuis deux ans, vous agissez en toute impunité. Avec la complicité de Rathore. Sur son compte en banque, nous avons découvert cinq millions de roupies. Vous vous croyez tout permis !

— Vous refusez de m'écouter. Soit. On me décapite. Heureuse ? Cette tête, je vous l'offre en échange d'un sourire. Vous me traitez de monstre ? Je vous le concède. Je suis d'un égoïsme forcené, mon ambition politique est sans limites. Je veux aider les déshérités. Est-ce condamnable ? J'aime la vie, la bonne chère, le cul qui me distrait de mes écrasantes responsabilités. Est-ce ma faute si les femmes sont si désirables ? La sexualité aiguise l'ardeur de vivre. Dormir seul ? C'est déjà une petite mort, comprenez ? »

Ma lèvre inférieure tremble.

« Je ne critique pas votre chasteté, poursuit-il, conciliant. Chacun couche comme il peut, avec qui il veut, pour le meilleur et le pire... »

Les mots me manquent. Je me penche vers lui et lui crache au visage.

« Koli, s'il te plaît. Veux-tu bien raccompagner mademoiselle Aryana ? » dit-il d'un ton affable en s'essuyant la face avec un mouchoir en soie.

Quand je surgis sur le perron, au grand soleil, je pousse un profond soupir de soulagement. Enfin, à l'air libre ! Je lève la tête dans la direction d'Apu, invisible, là-haut, je lui adresse un signe de la main avant d'ouvrir le portail. Soudain je réalise mon étourderie. Je m'éloigne, à pas pressés, la tête entre les épaules.

Au balcon du premier, sir Singh et Koli, les mains en visière, scrutent avec attention le toit du château d'eau.

C'est fichu. Ma planque ne vaut plus un clou. À présent, où me cacher… Pas un arbre à l'horizon.

Sir Singh et Koli me reluquent en silence lorsque je descends les escaliers en fer. Ah, j'aurai dû me méfier. Quel crédit accorder à une maîtresse qui vous tire l'oreille pour un oui !

Je me retourne. Sir Singh téléphone tandis que Koli m'observe… Je shoote dans les pierres. Ne plus jamais accorder ma confiance à un adulte : foie récalcitrant, cervelle ramollie, ovaires jouant des castagnettes.

Me calmer sous la douche avant de me rendre chez Aryana. Ah ! elle va m'entendre, celle-là !

Je me frotte au sang sous le jet d'eau bouillant. Quand je retourne dans la chambre, je découvre Koli en train de fumer, allongé sur le lit, avec ses sandales sales sur les draps. La pièce pue le cigarillo à l'eucalyptus. Je m'habille en lui tournant le dos. Mes jambes tremblent en boutonnant la chemisette blanche qu'Indira a repassée la veille de sa disparition.

« *Sahab* Singh veut te voir », me lance Koli d'un ton paresseux.

Il gratte une allumette en respirant l'odeur de souffre, le parfum préféré du diable.

« Allons, Apu. Mon maître s'impatiente !
— Qu'as-tu fait à Indira et Sati ? »

Après un silence, il hausse les épaules :

« Nithari n'est pas bon pour les filles... Mon maître m'a dit : "Va me chercher Apu. Qu'on s'explique !"
— Dis-lui merde ! »

Koli gratte une nouvelle allumette.

« Sir Singh part en voyage cette nuit. Dépêche-toi. »

Sans un mot, il me tend le portable de Sati. Je n'esquisse aucun geste pour le prendre. Il le pose sur la table de chevet.

« Indira n'est jamais venue à la villa. Où veux-tu qu'elle soit ? Une beauté comme elle ! Au bras d'un homme qui lui passe tous ses caprices. Pas avec un crève-la-faim comme toi. Comme nous. » Il se racle la gorge : « Les riches raffolent des gamines. C'est comme ça...
— Comme ton patron.
— Minute ! Il les aime rondes et expertes. Pas ces pisseuses qui crient maman quand tu caresses leurs seins plats ! » Puis, d'une voix traînante : « Je suis bien placé pour le savoir. *Sahab* apprécie les professionnelles. Chaque soir, je lui en ramène

trois, entre vingt et quarante ans. Elles repartent, ravies, avec de l'argent et des parfums. »

Un ange passe, il décapite la cendre de son cigarillo avec son gros pouce noir.

« Sir Singh aime les femmes. À soixante-huit balais, il craint la panne. C'est son angoisse... Alors, hein, un bébé de quatre ans ?
— Tu adores ton maître... »

Koli sourit, ému. Une incisive en or luit au milieu de sa mâchoire.

« Je lui dois tout. Avant d'entrer à son service, j'étais un intouchable, comme toi, dont l'ombre même souillait. Les gens couraient se laver. Grâce à sir Singh, je me sens enfin homme et digne. Il m'a beaucoup aidé, un vrai père... mes problèmes avec ma femme... au lit... une compteuse de mouches... À peine je crachais ma sève qu'elle courait se laver... Ça me coupait l'envie... J'y arrivais plus... Sir Singh, lui, est une bête de sexe. Je l'épiais de derrière le rideau. Une nuit, je raccompagne les trois filles. Il me dit : "Ça t'a plu ?" Je suis un bande-mou, j'avoue, pas fichu de durcir. Il me rassure : "Je vais bien m'occuper de toi. Une panne au lit, ça se répare. À une condition. Tu dois m'obéir et faire très exactement tout ce que je te dirai."
— Et... ensuite ?
— C'est mon secret. Il peut me demander tout ce qu'il veut. Je suis même prêt à me jeter dans un bûcher !
— Pour une bandaison... C'est un peu cher payé, non ? »

Il éclate d'un rire gras, s'étouffe, crache dans un coin de la pièce. Il m'examine dans la fumée verte de son cigarillo.

« Finalement, toi et moi, on est du même sang… De la caste des harijan. »

Je grimace en contemplant ce grassouillet au double menton sur le lit, le bedon à l'air.

« On est tombés du même ventre, Apu.

– Aux yeux du Mahatma, nous sommes des enfants de Dieu.

– Sir Singh va bien s'occuper de toi. Allons, petit frère !

– Et ça, Koli, tu l'oublies ? »

Je plonge la main dans ma poche. Koli fronce les sourcils en reconnaissant le papillon rose aux gros yeux vert émeraude et aux ailes frangées d'or. Il se racle la gorge, disparaît sans un mot.

La pièce est dans un désordre indescriptible, table renversée, chaises, tiroirs, armoire, vaisselle brisée, livres éparpillés, vitres cassées.

À quatre pattes, je jette pêle-mêle cahiers, dictionnaires, vêtements en boule dans une malle qui déborde de toutes parts, je dois agir vite. Et ce maudit taxi en stationnement devant la maison qui klaxonne depuis un moment ! Soudain, un bruit de pas, je me retourne d'un bond. Sur le seuil, Apu contemple le désastre, bouche bée.

« Ah ! c'est toi… Je lance. File préparer ton sac. On s'en va ! »

Je pèse sur le couvercle de la malle et, malgré mes efforts, je ne parviens pas à la boucler.

« Qu'est-ce que tu attends ? » je hurle.

Apu se précipite vers le robinet, revient avec un verre d'eau.

« Calmez-vous, maîtresse, buvez.

– Ils m'ont dit : on revient dans une heure. Si

vous êtes encore là, on vous égorge comme un mouton ! »

En buvant, je tremble trop, j'en renverse la moitié sur ma blouse grise.

« Vous avez vu le diable en face… » murmure Apu.

La tête entre les mains, j'éclate en sanglots. Apu me masse le cou, les épaules, le dos. Il chuchote à voix basse, comme si j'avais peur du noir. Je me calme. Je lui raconte comment ils ont surgi tout à l'heure, à mon retour de la visite chez sir Singh et ont tout brisé, méthodiques, sans colère, porte, fenêtres, meubles. Pas des voyous, non, des élégants respectueux, en costume veston et cravate qui ont cassé sans cesser de me vouvoyer.

« "L'air de Nithari ne vous vaut rien, ont-ils dit. Trop pollué depuis dix ans que vous le respirez. Mettez-vous au vert. Le plus loin possible. On vous offre le taxi. Il vous conduira à Mumbai, à Calcutta, à l'étranger. Nous réglerons la course. À une condition. Dans une heure, vous devez être très loin d'ici." Sans cri, sans menace.

» L'un d'eux, un Sikh en *dhoti* et chignon, a saisi mon visage entre ses mains baguées. Ses yeux de lave noire au fond des miens :

» "Quel âge avez-vous, grand-maman ?

» – Quarante-trois.

» – Vous êtes surmenée. Tenez-vous à la vie ? dit-il en accentuant la pression de ses doigts sur mes tempes. Profitez bien de vos belles années, murmura-t-il d'une voix douce. Apprenez à faire des confitures, dans une maison coquette avec un jardin plein de fleurs. Vous aimez les roses, grand-maman ?"

» Comment répondre, avec ses pouces puissants écrasant ma carotide. À la fin, il m'a baisé la main :

» "Enchanté d'avoir fait votre connaissance, chère Aryana." Puis, il a ajouté en riant : "Emmenez donc avec vous le galopin qui joue les petits espions sur le château d'eau… Ça vaut mieux." »

Le chauffeur klaxonne à nouveau, avec insistance. L'heure tourne.

« File donc chercher ton sac, Apu !
– Non. »

Je le contemple, ébahie.

« Si tu restes, ils te massacreront !
– Vous oubliez Indira, Sati et les autres. On ne peut pas les effacer comme de sur un tableau noir… »

Je l'enlace en sanglotant.

« Pourquoi n'alertez-vous pas votre oncle ou votre cousin ?
– J'ai tout inventé, Apu…
– Ah… Je dois rester, maîtresse… Indira, Sati et toutes les autres… Leur âme sans sépulture est condamnée à errer toute l'éternité sans jamais trouver la paix, comprenez-vous ? »

Depuis le seuil, je vois Aryana plantée au milieu de la pièce, tragique, les bras le long du corps, si fragile…

À présent, où diriger mes pas ? Je ne suis en sécurité nulle part. Alors, je retourne au château d'eau, l'esprit vide.

Je marche avec précaution, comme ces jaïnistes, si chers à Indira, qui se masquent pour ne pas avaler de moucherons et poussent devant eux un balai pour ne pas écraser les infiniment petits.

Ma façon à moi de me sentir plus près d'elle…

Je viens à peine de grimper sur le toit que sir Singh surgit au pied de l'échelle. Sur son trente et un, en *dhoti* bleu, col Mao et sandales dorées, le sourire éclatant.

« Et si tu descendais, Apu ? me lance-t-il d'un ton guilleret.

– Pourquoi, sir ?

– On doit parler, toi et moi. »

Je ne réponds pas, lui en bas, avec ses lunettes noires de renard, moi perché, sans fromage dans le bec, sans intention de chanter. Je veux dire de quitter mon perchoir.

Il s'assied sur la première marche et fume une cigarette à filtre doré dont le prix fait vivre une famille d'intouchables pendant une semaine.

Une personnalité si sollicitée. Les miséreux de Nithari se pressent devant sa villa pour mendier roupies, emploi, libérer un parent de prison, grâce à son bras long.

Vu d'en haut, la tête entre les mains, de la fumée dans la bouche, il ressemble à Robinson sans perroquet.

« Je ne te comprends pas, Apu. Ta maman est venue, je l'ai engagée, elle est repartie, je ne l'ai jamais revue... Quant à ta petite amie...

– Indira.

– Oui, elle n'a jamais mis les pieds chez moi. Je l'ai vue une seule fois, au commissariat. Une petite sauvageonne ! Crois ce que tu veux ! Si j'ai commis une mauvaise action, involontairement, je suis prêt à reconnaître mes torts. Si tu savais tout le mal que je me donne pour vous...

– Je sais, sir. Vous venez de construire des W-C publics.

– Tu vois bien.

– Vous ne cessiez de vous plaindre. Tous ces misérables qui venaient chier devant votre porte. »

Sir Singh sourit, pensif, le nez levé vers moi.

« Au poste de police, je t'ai bien observé. Tu es un garçon sensible, intelligent.

– Vous oubliez l'essentiel, sir.

– Quoi donc ?

– Je suis comme le lézard africain. Quand je plante mes crocs dans la chair, je ne lâche jamais prise.

– Nous n'en sommes pas là ! » ironise-t-il.

Il allume une nouvelle cigarette, avec un sourire mystérieux. « Ta mère n'est pas loin d'ici... Aimerais-tu savoir où elle est, Apu ? »

Je garde le silence. Trop de crapauds sortent de sa bouche, sous son nez de Pinocchio.

« Maya ! » crie-t-il les mains en porte-voix.

La domestique surgit sur le perron, un fichu sur la tête, armée d'un balai.

« Approche, ma fille ! »

Elle trotte jusqu'au pied de l'échelle en fer.

« Répète-lui mot pour mot tout ce que tu m'as raconté hier.

– Samedi dernier, je traverse Main Bazar, à Noida. Et qui je vois ? Sati ! Où donc ? À la terrasse climatisée du Metropolis Tourist Home. Avec qui ? Un homme de race blanche. La cinquantaine poivre et sel. Ils paraissaient bien s'entendre.

– Comment était-elle habillée ? »

Elle réfléchit en mordant sa lèvre inférieure, concentrée.

« Un sari orange, un foulard bleu, des sandales dorées. »

Un brusque vertige m'oblige à me raccrocher à la rampe.

« Ça va, Apu ? Tu veux que je monte ? » crie sir Singh.

Tous deux lèvent des yeux inquiets vers moi.

« Merci, ma fille. Retourne travailler. »

On reste un moment sans parler.

« La femme la plus vertueuse… Tu comprendras plus tard… aime se tricoter de beaux souvenirs… pour sa vieillesse… »

Il devine mon angoisse.

« J'ai bien étudié son dossier. Elle a empoisonné quatre membres de sa belle-famille. Soit. Mais ils la traitaient comme une esclave. Coups, humiliations, menaces de mort. Pendant deux ans de sa vie ? Un calvaire… Ils l'ont fait avorter, malgré elle, par deux fois. Les parents de ta maman se sont suicidés à cause d'une dette de six cent mille roupies, la dot en retard de paiement. Moi, après analyse de tous ces faits, je dis, circonstances atténuantes. Qui oserait lui jeter la pierre ? Avec de bons avocats, nous la ferons acquitter, Apu. Le plaignant, son beau-frère, à l'époque étudiant en Angleterre, dirige aujourd'hui la clinique familiale, marié, trois enfants. Il a de sérieux ennuis d'argent. Nous sommes membres du Parti du Congrès. Je sais comment l'approcher et le convaincre de retirer sa plainte. Je ne t'en dis pas plus…

– Merci, sir, vraiment.

– Je vais bien m'occuper de toi. Descends te doucher. Où veux-tu dîner ?

— Au Taj Mahal, sir.
— Excellent. On parlera de ton avenir. » Il sourit, puis : « La villa est grande. Tu auras ta chambre, au premier, près de la mienne. Je t'inscrirai au Stephen's College, qui forge l'élite du pays. Que veux-tu devenir plus tard ?
— Écrivain, sir...
— Mon rêve de jeunesse ! s'écrie-t-il enthousiaste. Mais voilà ! la vie... on ne suit pas toujours le chemin... Ah ! je t'envie ! J'ai hérité de ces sociétés... Charge écrasante... Alors, l'écriture... ce sera dans une prochaine réincarnation. » S'épongeant la nuque : « J'ai un fils de ton âge, Karan. Il me fuit. Quand je viens passer le week-end à Shrinagar, il saute par la fenêtre. Jamais je ne l'ai grondé... Je ne comprends plus rien... »

Puis à nouveau souriant, le visage levé vers moi : « Descends, mon fils. Qu'est-ce que tu attends ?
— Qu'avez-vous fait d'Indira et de Sati, sir ? »

14 juin

Aux yeux du monde, j'ai cessé d'exister. Ceux de la villa ne lèvent plus les yeux vers moi. Je n'intéresse que les moustiques qui me harcèlent la nuit.

Je ne me cache plus. Je suis devenu invisible. Les morts, au milieu des vivants, doivent ressentir cet état.

Les abords de la villa sont déserts. Plus de matchs de foot sur le terrain vague, ni de petites jouant à la poupée sous un arbre, avec un joli ruban dans les cheveux. Même les vendeurs de légumes et de fruits ne stationnent plus devant, comme si la villa était frappée de malédiction.

Vikran a dicté des consignes strictes. Interdiction de jouer autour de la maison de sir Singh.

Il n'est jamais chez lui. Il enquête, soupire sa femme.

Maya est la seule qui ose un œil dans ma direction. À midi, quand elle vient travailler, et à 7 heures, quand elle rentre chez elle.

La nuit, je peux enfin écraser les moustiques. Mon épaule droite me paraît si légère... Indira m'aurait-elle laissé tomber aussi...

D'autres jours se traînent, rien ne se passe.

Grand-mère Bôa n'a personne à qui parler. À son âge, chaque semaine pèse comme du plomb. Une octogénaire qui s'ennuie monte plus vite au ciel.

J'irai dans son île. Quand j'aurai résolu le mystère des quarante disparues. Pas avant.

La mousson assiège Nithari avec de gros nuages noirs pleins d'éclairs. À présent, on entend le tonnerre, régulièrement, comme un canon dans le lointain, qui se rapproche chaque nuit. Une poussière rouge très fine s'abat sur nous. Bêtes et gens suffoquent. Le soleil n'est plus qu'une nappe écarlate de cendres brûlantes.

Cet après-midi, surprise, Vikran m'a rejoint sur le toit, rajeuni. Rien à voir avec la créature abonnée au mur des lamentations.

« Tu as très bien agi en refusant la proposition de Singh. Il brise ou achète toutes les résistances. J'ai enquêté sur lui. Qui est ce bonhomme ? Né en 1940, soixante-huit ans, d'origine sikhe, natif du Pendjab. Un politicien très populaire en tête de liste pour les prochaines élections. Un intime de

Sonia Gandhi, présidente du Parti du Congrès. En mai 1984, il se désolidarise des sikhs nationalistes qui se barricadent à Amritsar, dans le Temple d'Or, saint lieu du sikhisme. Après trois jours de combats sanglants, Indira Gandhi, Premier ministre, ordonne l'assaut. C'est l'opération Blue Star, des centaines de morts. Le leader Jarnail Singh est tué. En octobre de la même année, les sikhs assassinent Indira Gandhi. En représailles, trois mille sikhs sont massacrés à New Delhi. En décembre 1985, sir Mohinder Pandher Singh échappe de justesse à un attentat. Le traître, le vendu, à la solde du gouvernement, renié par sa communauté.

» Sir Singh a hérité de dix sociétés de son père. Son frère aîné, Iqbal Singh, a toujours contesté cet héritage, accusant son cadet d'avoir bidouillé avec le notaire le testament paternel. Iqbal dirige les sociétés, c'est un excellent manager. Mais ses rapports avec Mohinder Singh sont… difficiles. Deux ans plus tôt, à la suite d'une violente dispute, Iqbal donne sa démission. Mohinder Singh se retrouve seul. C'est un piètre manager. Les affaires périclitent. Actuellement, il licencie à tour de bras. Sa plus importante société, l'Auto Distributors, vente de pièces détachées de bulldozers et de tracteurs, est en dépôt de bilan. Malgré la récente réforme agraire au Pendjab, où l'on compte le plus de tracteurs au mètre carré.

» Ses autres sociétés de transports, implantées à Delhi, Shrinagar, Chandigar, Ludhiana et Jalandhar, sont en difficulté. Les journaux dénoncent une mauvaise maintenance des bus, camions, taxis, des pannes fréquentes, régulières, de nombreux accidents avec des chauffeurs inexpérimentés, des plaintes de voyageurs abandonnés sur le bord des routes.

» Pourtant, poursuit Vikran, sir Singh continue de mener grand train de vie. Fréquents voyages en Chine, en Australie, en Arabie Saoudite, dans les Émirats arabes, en Suisse, au Brésil, six mois sur douze. Quand il ne chasse pas le tigre dans l'Himalaya, le jaguar en Amazonie, invitant des chevaliers de l'industrie et des politiciens influents. Il dépense sans compter. Fabrique-t-il des roupies dans son grenier…

» L'homme est brillant, doté d'un humour ravageur, fort apprécié de ses nombreux amis. Aux élections d'octobre, il joue son va-tout.

– Mais comment as-tu pu…

– Oublies-tu que j'étais un des meilleurs limiers du CBI au XIVe siècle ? Nous avons trois petits mois pour enquêter, constituer un dossier en béton, pour traîner Singh devant les tribunaux. Nous devons agir très vite avant qu'il ne devienne ministre, protégé par son immunité.

– Et cette glacière que Koli rangeait dans l'auto du docteur Neeven Chaudhary ?

– Ce voisin est un vieil ami de sir Singh, de la même promotion au Stephen's College. D'un côté Singh est en passe d'être ruiné, de l'autre Naveen s'enrichit. Il vient d'ouvrir une seconde clinique à Noida. Les deux amis dînent tous les jeudis chez Karim's, près de Jama Masjid, le meilleur restaurant musulman de la capitale. Ils achèvent la nuit dans une suite royale à l'Imperial New Delhi Hotel où ils font monter des escort girls. »

Accoudés à la rambarde, nous demeurons pensifs. Sir Singh sieste sous la moustiquaire, Koli ronfle dans un hamac, à l'ombre des citronniers en fleur. Maya chante au fond du jardin, dans la buanderie.

« Le Dr Naveen a été inquiété en 1999 pour trafic d'organes avant d'être blanchi. Si nous démasquons les magouilles de Naveen ? Son complice Singh tombe ! Ce jour-là, le scandale creusera un cratère si profond qu'on pourra le voir de la lune sans lunette astronomique... »

Puis, m'étreignant l'épaule :

« Je suis soucieux, Apu. Ils ont terrorisé Aryana, noyé Gopal... Rien ne leur résiste. Ils ont essayé de t'acheter. Tu es en danger. Viens dormir sur ma terrasse. Inutile de t'exposer la nuit sur ce toit... Au fait, Rathore se pavane au volant d'une Mercedes blanche. Quand son salaire l'autorise à s'offrir une paire de patins à roulettes.

— Alertons le CBI !

— Supposons. Le siège central est au cœur de la cité. Un imposant immeuble de douze étages. À l'entrée, tu dois donner cinq cents roupies pour accéder au hall. Puis mille roupies pour grimper au premier. Et le double pour accéder au troisième. Un fonctionnaire t'écoute en bâillant. Quarante disparues ? Il s'esclaffe. Une goutte d'eau, mon cher.

Tu lui glisses un billet de cinq mille pour qu'il remette ton dossier à son chef, au quatrième. Tu n'atteindras jamais le douzième étage, où siège Dieu le Père, un haut responsable soucieux de venir en aide aux déshérités. Et ton dossier ? Aux oubliettes. »

Vikran déchire la photo de son petit garçon. Les morceaux volètent sur la villa, dans le verger, sur la poitrine de Koli dans son hamac.

« Pourquoi as-tu quitté le CBI ?

– J'étais sur le point d'être promu commissaire divisionnaire... J'enquêtais sur le suicide de la belle-fille d'un magnat de l'aéronautique. La famille confirme une nature fragile, dépressive. Le docteur contresigne. Un rapport cousu de fil blanc. Du beau monde qui lave son linge sale en famille. Après une fausse couche, la belle fille a le mauvais œil et devient encombrante. La belle famille la "suicide". Le veuf tout frais se fiance déjà avec un beau parti. Je remets mon rapport : meurtre avec préméditation.

» La famille alerte un ministre. Mon supérieur, aux abois, me convoque. Copie à revoir, Vikran. Il s'agit bien d'un suicide. Je refuse de couvrir ce crime. On me mute. Les persécutions pleuvent. Ivrogne, drogué, touche des *mahmools*. Mise à pied. On me démissionne. J'échoue à Nithari. Ai-je répondu à ta question, Apu ? »

La mousson m'a chassé du toit. Depuis hier, Nithari est un vaste marécage.

J'ai dégringolé les escaliers, au milieu d'une gerbe d'éclairs qui ricochaient sur le champignon métallique. D'instinct, j'ai repris ma place, sur le talus, sous une pluie torrentielle, en face de la villa, comme au premier jour.

Sir Singh vient d'éteindre sa lampe de chevet.

Depuis quelque temps, je ressens un vide sur mon épaule droite.

La villa surgit des ténèbres, le temps d'un éclair, le perron, les citronniers ployant sous l'averse, l'égout qui gargouille derrière moi, dans le noir, à portée, un étroit boyau profond de deux mètres, large de trois, qui court sur une trentaine de mètres, du pont en bois, sur ma droite, au terrain vague.

Je suis trempé jusqu'aux os. Mon obsession mollit, se déchire entre mes tempes comme du vieux carton humide.

Après des mois de saison sèche, sacs-poubelle, ordures, déchets, excréments, plastiques, entassés au fond de l'égout sont devenus une masse compacte, dure comme du verre. L'eau sinue dans le boyau, enfle, décolle, s'infiltre dans le sol, provoquant des bruits singuliers. Flatuosités, bulles de gaz crèvent à la surface, comme un ventre constipé qui enfin se libère. Une vie intestine, bien enfouie, vibre, siffle, hoquette, rote, se fendille dans les nappes de brouillard.

Un spectre surgit, derrière une torche électrique, en imperméable chinois. Vikran !

« J'étais sûr de te trouver ici ! » s'égosille-t-il, dans les roulements du tonnerre et le vacarme des trombes d'eau. Il s'assied dans la boue, près de moi, en éteignant sa torche. « Tout à l'heure, figure-toi, j'aperçois Maya courant sous la pluie, droit sur moi. Celle-là ! Depuis le temps que je guette l'occasion ! Mais voilà qu'elle lève la tête, me reconnaît, disparaît dans une ruelle transversale. Je me lance à sa recherche. Je la débusque au fond d'une boutique. Je l'entraîne dehors, sous la pluie. Elle balbutie : "Ton fils... tu n'es pas prêt de le revoir..."

» Mes jambes se dérobent. "Qu'est-ce que tu me chantes ? je hurle.

» – Ton fils... et les autres gamines, gémit-elle, en débitant un chapelet de noms que je connais par cœur... Inutile d'espérer...

» – Toutes ?!

» – Oui..." Et elle s'enfuit en me laissant K-O.

» Quand je reprends mes esprits, je suis en train de cogner à sa porte. Elle refuse de m'ouvrir. Je brise la serrure d'un coup de pied. Je m'engouffre dans la pièce. Elle est en train de préparer sa valise.

» "Appelle-moi un rickshaw", me supplie-t-elle.

» Hagarde, elle empile ses affaires, comme si le diable s'impatientait.

» Je me rue dehors, j'arrête un rickshaw, une chance, c'est l'oncle de Bina, le frère de Gopal.

» "Promène-la, je dis. Évite la gare routière. Prétexte des travaux et des encombrements pour justifier les détours. Tu me la ramènes dans trente minutes ici !"

» Il cale la valise sur la banquette arrière, les voilà partis.

» Je vomis. Tu n'es pas prêt de revoir ton fils... Dis bien aux familles...

» Une demi-heure après, l'oncle de Bina est de retour. Maya s'engouffre dans sa chambre, se jette sur le lit en sanglotant.

» Impossible de lui tirer le moindre mot. Elle en a trop dit, ou pas assez. »

Un gémissement fuse dans le noir, tout près, une plainte de bête blessée... Vikran rallume sa torche. Il me contemple, ébahi.

« Courage, Apu... »

Vikran disparaît derrière sa torche, sous le déluge d'eau. J'ai refusé de le suivre. Pour aller où ?

Le fossé déborde et dégorge. Un objet dur se frotte contre mon dos avec insistance. Un courant entraîne mollement des déchets, comme ces icebergs qui se fragmentent dans les eaux chaudes du Pacifique.

Je me retourne, un sac-poubelle, à portée. Je le saisis par réflexe, il est léger, avec dedans un curieux son, impossible à identifier. Des échos mats, comme de la vaisselle brisée. Je l'ouvre d'un coup de canif, j'en écarte les bords. Des picotements acides m'agressent. La pluie tombe plus douce, tiède. Un croissant de lune jaillit d'entre les nuages.

J'aventure une main à l'intérieur du sac, je palpe avec prudence un objet rond, à tâtons, que j'examine avec circonspection. J'étouffe un cri. Le crâne roule à mes pieds.

Un second sac noir flotte dans ma direction. Je le saisis et le vide, os longs, os courts, crâne.

Je m'allonge sur le ventre, dans la boue, à l'affût d'autres sacs qui dérivent vers moi, comme une armée de fantômes avides enfin de reconnaissance.

19 juin, 1 heure du matin

Dix-huit sacs en tout sont rangés côte à côte dans le local aveugle attenant à la chambre de Vikran. Il recompte les dix-huit fantômes arrachés à l'oubli.

Le plafonnier éclaire six silhouettes, des parents et des amis des disparues, silencieux, bouleversés.

Tout le monde pense la même chose : dans les sacs-poubelle, noirs, ignifugés, rien que des membres et le crâne, pas un torse. Où sont passés les vingt-deux autres corps… Au fond du jardin de sir Singh, dans un coin perdu de campagne, au fond du fleuve… Ou bien dans l'égout. Il est encore temps de retourner là-bas avant l'aube.

Indira et Sati sont peut-être dans ce sac ou l'autre, plus lourd… Mes yeux picotent. Les relents acides…

On fume, debout, la gorge nouée, serrés dans l'étroite pièce en buvant du thé fort que Mme Vikran nous sert régulièrement. La nuit va être longue.

Ce coup de pouce du ciel nous désoriente. Ces preuves accablantes... C'est trop ! L'odeur de l'acide se mêle à la fumée d'eucalyptus. Interdiction d'ouvrir la porte. Et tous ces petits squelettes incomplets qui patientent contre le mur. On veille les gamines sans connaître les gestes, les mots, les prières.

À Bénarès, je savais les rites quotidiens des cadavres sur les bûchers, le bois sec, les crânes qui se brisaient avec un bruit de noix, le parfum de santal.

L'angoisse nous paralyse. Un charnier, en face de la maison de sir Singh, dans l'égout à ciel ouvert, des sacs-poubelle. Il suffit de traverser la rue. Je tue, je découpe, je jette... Pareille inconscience, quelle impudence.

Nous évitons de nous regarder, les tasses tremblent dans nos mains.

Vikran saisit un sac, le soupèse, incrédule, passe au suivant, plus léger... quatre ans, dame... Il est si pâle... Un cœur s'arrête pour moins que ça. Sa jambe s'efface, il se redresse avec effort.

Nous rendre à la police ? Rathore confisquerait aussitôt les sacs avant de les lester de pierres dans le fleuve. Quelles preuves ? Quels crimes ? Un tour de passe-passe. Dégage !

Le CBI ? Trop gangrené. Faibles effectifs. Une priorité, les riches.

Les médias ? Hum... distillent l'information avec un parapluie. Ne sonnent pas le tocsin à chaque scandale.

Nous devons retrouver les vingt-deux autres corps avant le jour. Avec des gaffes et des crochets, drainer l'égout sur toute sa longueur. J'y retourne, avec Vikran et deux volontaires. Ces sacs ? Attention, danger ! Peuvent nous entraîner en prison, en enfer, ou enfin faire éclater la vérité...

En face de nous, des virtuoses du barreau, amis de sir Singh, capables de vous retourner, avec vos preuves et accusations, comme une poche ventrale de kangourou.

Par exemple ? Qui me dit que vous n'avez pas trucidé vous-même ces malheureuses gamines ? Un comble. Tous les coups sont permis pour sauver sa tête du garrot.

Rathore pavoise dans sa Mercedes blanche, devant les journalistes : Enfin, le gang des kidnappeurs sous les verrous ! Vikran, moi, les six complices.

Sir Singh distribuant sans compter des *mahmools* aux agents du CBI, à Rathore et ses sbires, aux médecins légistes, à son armée d'avocats.

Ils obtiendront de nous des aveux complets, grâce à un rat affamé dans le trou de balle.

Mes compagnons ? Des crève-la-faim, capables de retourner leur veste pour dix mille roupies... Vikran et moi partageons la même crainte : sir Singh sur son perron, sous les flashes, en pétard ! Une manœuvre grossière de mes adversaires politiques, à l'approche des élections. Suis-je assez débile pour trucider des enfants, au nom de quoi, Seigneur, les arroser d'acide, traverser ma rue pour m'en débarrasser juste en face ? M'imaginez-vous avec un tablier de boucher en train d'aiguiser deux couteaux de cuisine, à l'image des ogres de contes de fées, et découper de pauvres gamines ?

Je rumine ces déclarations en longeant le fossé, sous la pluie tiède.

Avant l'aube, nous rentrons bredouilles, trempés. Nous nous réchauffons avec du thé vert. Nous devons nous retrouver la nuit prochaine. Nous prêtons serment. Garder le secret, même après deux bières. Mais avant, il y a une urgence. Je ne serai pas long ! Je plonge sous la pluie.

Je pousse la porte, je marche vers le lit. Entortillée dans un drap, Maya refuse de bouger.

« Suis-moi ! »

Je la traîne de force jusqu'au local. Vikran et les autres la fixent, cigarette aux lèvres, en silence. Elle étouffe un gémissement en découvrant les sacs noirs contre le mur.

« Tu reconnais, Maya ? »

Elle rampe en direction de la porte. Je la saisis par la nuque et lui plonge la tête dans un sac ouvert. Elle se débat, rue, tousse, étouffe. Enfin, je la libère.

Une main sur la poitrine, elle halète, éternue, pleure.

« Je ne savais pas… C'est EUX. Pas moi ! »

Elle mange les mots, dos au mur, gémit, de grosses larmes roulent sur sa face plate.

« Il faut me croire ! » Puis d'une voix de petite fille : « Je balaie, je lave, je frotte à la villa... Je n'ai rien à voir avec ces monstres ! »

Le drap glisse au sol. Pas une seconde, elle ne pense à se couvrir. Son maquillage se dilue en filets noirs, rouges, verts... Je me retiens pour ne pas la rouer de coups.

Je m'accroupis à sa hauteur, l'obligeant à relever la tête. Puis, désignant les sacs :

« Tu reconnais ?

— Oui...

— Tu nous dis tout. On va jusqu'au bout. Sinon...

— Tu seras le dix-neuvième sac », lui promet Vikran.

Son épouse pénètre dans la pièce, avec une théière brûlante, se retient pour ne pas ébouillanter Maya. Elle se contente de lui verser une tasse, les yeux baissés, la respiration sifflante.

Maya boit une gorgée de thé, renifle, se drape à nouveau jusqu'aux épaules. Elle est prête. Elle va parler. Les petits fantômes sont attentifs à ses confidences. Les secondes s'écoulent. Elle articule enfin d'une voix éraillée :

« Quand IL saura, IL me tuera ! »

Elle tremble comme un chien paludéen.

« Qui ça ?

— Nous te protégerons. Le tribunal tiendra compte de ta déposition. »

Mais entend-elle vraiment ? Vikran lui glisse une cigarette entre les lèvres. Elle aspire une bouffée.

Puis, d'une voix lointaine, elle raconte comment elle appâtait les gamines sur le chemin de la villa, parfois plus loin, dans les montagnes d'ordures, les poches pleines de sucettes, bagues en cuivre, colliers de perles, des petites entre quatre et douze ans. Les plus grandes ? Trop méfiantes. Elle entraînait ses victimes dans la villa. Sir Singh surgissait en haut des escaliers, en peignoir.

« J'empochais dix mille. Parfois quinze. La suite ? C'était plus mon problème...

— Entendais-tu des cris ?

— Je commençais toujours par nettoyer les pièces du fond, loin de la chambre de sir Singh. Dans la rue, mon cœur se serrait lorsque je reconnaissais le portrait affiché d'une des petites. Je dormais mal. Cent fois, j'ai voulu dénoncer sir Singh à la police, pour que tout ça cesse ! Mais quelle police...

— Des faits, Maya. Des noms, des dates. Combien de petites ?

— Trois ou cinq...

— Sois plus précise.

— Quatre.

— Quel âge ?

— Cinq, sept, onze, treize.

— Ensuite ?

— Sir Singh s'en chargeait.

— C'est-à-dire ?

— Il entraînait la gamine en haut, dans sa chambre. Elle pleurait, suppliait...

— Et puis ?

— Le silence... »

Nous attendons la suite, tétanisés.

« Ensuite ?

— Tu sais bien, Apu...

— Je ne sais rien.

— Koli prenait le relais.

— Ça veut dire quoi ?

— Il étranglait.

— Combien de filles sont passées par la villa ?

— Au moins trente... en deux ans, oui... mais moi, je travaille trois fois par semaine... Je ne sais pas tout... Koli chassait aussi au crépuscule...

— Et pour mon fils ? grogne Vikran en détournant les yeux.

— Pardon...

— J'attends.

— J'étais absente, c'était mon jour de congé... quand Koli m'a appris, il était trop tard... »

Devinant la question de Vikran, elle ajoute d'une voix fiévreuse : « Sir Singh préférait les filles. Ton fils ressemblait à une gamine...

— Et Indira. Et Sati ?

— Je n'en sais rien. Elles sont venues de bon matin. Moi, je prends mon service à midi.

— Tu n'as rien remarqué ?

— Interroge Koli.

— Interdiction de retourner à la villa, décrète Vikran.

— Mais... ils vont se douter... Ils viendront me tuer...

– Tu es malade, jusqu'à nouvel ordre. Sous bonne garde. Tu enverras un certificat médical. »

Elle se relève, docile, marche vers la porte.

« Une seconde ! Tu m'as raconté avoir vu Sati vivante…

– … À la terrasse du Metropolis Tourist Home, complète-t-elle la tête basse.

– … En compagnie d'un homme de race blanche. »

Elle opine, le regard fuyant.

« La vérité, Maya.

– Faut demander à sir Singh », lâche-t-elle en m'écartant.

20 juin, 7 heures du matin

Koli sursaute en découvrant le sac-poubelle, près du portail. Il lâche la bouteille de lait qui explose sur le trottoir. Il s'approche, intrigué, scrute les alentours d'un regard furtif. Pas une âme qui vive, sauf moi, à plat ventre, derrière une butte, avec mes jumelles.

Il s'enhardit, lit l'étiquette agrafée sur le sac noir :

AVEC LES COMPLIMENTS DE SIR MOHINDER PANDHER SINGH, NUMBER D-5 OF NOIDA SECTOR 31

Il secoue le sac, se rembrunit, s'attarde sur le toit du château d'eau, fouille le fond du jardin, le verger, la buanderie.

Il gravit le perron, grimpe à l'étage, tambourine à la porte de la chambre. Sir Singh émerge, tout ébouriffé. Ils échangent quelques mots à voix basse.

Koli traverse le terrain vague et se débarrasse du sac, à un kilomètre, dans une fosse. L'endroit est désert. Accoudé au balcon, sir Singh suit le manège de son domestique en fumant le cigare du matin. Puis il téléphone une minute avant de raccrocher, soulagé. Une belle journée en perspective. Le ciel est clair, lavé de frais.

Le même jour, 22 heures

Vikran établit la liste des principaux médias. Journaux, quotidiens, hebdomadaires, radios, chaînes de TV.

L'Inde se réveillera demain en criant au scandale !

En tête, le *Dainik Jagran* et le *Rajasthan Patrika*. À eux deux, vingt-deux millions de lecteurs.

Le *Times of India*, en anglais, et *The Hindu*, huit millions d'abonnés ; *The Hindoustan Times* et *The Statesman of Calcutta*. Du temps où il officiait au CBI, Vikran avait noué de solides amitiés avec certains journalistes incorruptibles.

La Doordarshan, chaîne publique de TV la plus regardée, puis CNN, la Star TV, ZEe TV et Sunb TV.

All India, la radio nationale, vieille dame très courtisée depuis 1936, disposant d'un réseau de

229 centres de diffusion, avec 148 émetteurs en ondes moyennes, 54 en ondes courtes et 168 en modulation de fréquence. Une radio qui touche 99 % de la population. Les services nationaux émettent en 24 langues nationales et 10 étrangères.

Prévoir un sac pour Rathore et un autre pour le CBI, à l'attention du commissaire en chef Azzam.

Les rickshaws effectuent plusieurs navettes pour livrer les sacs noirs dans les rédactions, avec l'étiquette : Avec les compliments de sir Mohinder Pandher Singh, Number D-5 Of Noida Sector 31.

21 juin

Silence total dans les médias. Pas un mot sur les sacs livrés.
Les ont-ils bien reçus ?
Oui.
Mais alors ?
Rien.
Le long bras de sir Singh se gratterait-il jusque dans les rédactions... À trois mois des élections, éviter le scandale à tout prix.
Dans son bureau, au premier, sir Singh, manches retroussées, travaille avec son staff, une dizaine de jeunes militants enthousiastes. Le mot d'ordre ? Gagner ces élections.
Avant midi, Rathore et des policiers en combinaison blanche débarquent, armés de râteaux, de perches et de crochets, comme dans une série de science-fiction.

Ils sondent le long boyau sur toute sa longueur sous le regard de nombreux curieux attroupés au-dessus.

« Pas un seul sac ! » déclare Rathore, au garde-à-vous, sur le perron. Les sacs qu'ils ont reçus, lui et sir Singh ? Une blague de potaches, des os de poulets. Point final.

Vikran téléphone à son ami Sonu, rédacteur en chef adjoint au *Times of India*.

« J'ai bien reçu, confirme-t-il, en baissant le ton. Mais je ne peux rien faire, dans l'immédiat. Cette affaire est du ressort du CBI. »

Rien ne bouge de ce côté-là.

À Nithari, la nouvelle crépite dans tous les foyers. On aurait découvert dix-huit sacs contenant les restes des gamines. La fuite ? Un des six complices… Comment peut-il en être autrement ? Après deux bières, les langues se délient. La police est plus présente dans les rues. Une population sous surveillance. Au premier attroupement, elle disperse, embarque au poste les plus récalcitrants.

La mousson transforme le bidonville en cloaque de boue. Pas l'ombre d'un journaliste. Trois policiers montent la garde devant la villa de sir Singh.

Le désespoir nous gagne.

28 juin

Au réveil, coup de tonnerre ! Une enfant vient à nouveau de disparaître. Rathore en personne prend la déposition du père éploré.

Anjelina, cinq ans, son lit vide, à 7 heures du matin. La fenêtre grande ouverte sur le jardin, aucune trace d'effraction.

Il se précipite sur les lieux, une villa très cossue, à la périphérie de Nithari, deux autos, un personnel en émoi, une famille dans tous ses états.

Branle-bas, tocsin. Aucune trace sous les fenêtres, malgré la pluie, depuis minuit.

Rathore exige sur l'heure dix hommes armés, deux jeeps, un chien policier, une équipe scientifique, des talkies-walkies.

« Je veux Anjelina ce soir. Après vingt-quatre heures ? Les recherches deviennent trop difficiles. C'est aujourd'hui ou jamais ! Prendre de vitesse les kidnappeurs. Diffuser le portrait partout ! Le père d'Anjelina est le roi du coton. Ils vont exiger une rançon. »

Un vrai chef qui veut en découdre et laver l'honneur de la police !

Un conquérant, les pouces glissés sous le ceinturon, le béret noir incliné sur l'oreille droite.

« Nous sommes condamnés à réussir. À minuit, au plus tard, menace-t-il. Sinon, vous, moi, tous à la circulation. Rompez ! »

Rathore est en liaison permanente avec ses équipes, qui s'activent sur le terrain.

Le père d'Anjelina lui a offert un million de roupies, en promettant le double en cas de réussite rapide.

Cette nouvelle disparition disculpe sir Singh et son domestique, constate Vikran. Maya nous aurait-elle menti ? Quel crédit accorder à cette domestique le jour, et putain la nuit ?

La pluie tombe sans interruption. Passants, marchands ambulants qui se croisent autour de la villa, sont aussitôt embarqués pour vérification d'identité.

Des rumeurs circulent, Anjelina vivante, sur un tas d'ordures ; Anjelina repêchée dans le fleuve ; le gang a envoyé une main d'Anjelina aux parents, en avertissement. Il exige cinquante millions en petites coupures.

Au crépuscule, la nouvelle éclate, Anjelina a été retrouvée, sale, trempée, errant au Luna Park de Noida, près des montagnes russes.

Le père serre Rathore sur son cœur. Deux millions de roupies valsent, d'une poche à l'autre, en toute discrétion.

Le téléphone sonne sans arrêt. Le ministre de l'Intérieur en personne. Bravo, Rathore, une affaire menée au pas de charge !

À Nithari, la population est abasourdie. Encore et toujours cette police à deux vitesses.

Pourquoi n'a-t-il pas déployé pareil zèle avec les quarante disparues ?

« Pourquoi voulez-vous que cela change ? » commente Vikran, prostré devant sa cabane.

Les habitants, par petits groupes, se dirigent vers le poste de police. Bientôt, ils sont mille, dix mille, davantage, à affluer de toutes parts, sur un mot d'ordre mystérieux, une armée de gueux en marche.

Dans la cour, Rathore et ses hommes fêtent leur victoire. Champagne, whisky, rhum, bière.

Rathore salue la foule qui se presse, silencieuse aux abords du poste.

« Ah ! les braves gens ! » Le superintendant lève sa flûte à leur santé. « Ils m'aiment ! Ils me remercient ! » Il en est tout ému. À son second, il confie : « Le pauvre est maladroit. Il ne sait pas exprimer sa gratitude, comme vous et moi. Il affiche une face de brute taciturne. »

Il se renfrogne. Pourquoi ne répondent-ils pas à ses signes d'amitié. Ce silence-là, il n'aime pas. Il rumine. Appeler à nouveau du renfort ? De quoi aurais-je l'air ! Il vide sa coupe, hausse les épaules. Salauds de pauvres.

Une vitre vole en éclats. D'autres pierres sifflent à ses oreilles. « Tous à l'intérieur ! » ordonne Rathore.

La foule envahit la cour, brise verres, bouteilles, la Mercedes blanche prend feu.

« Mon auto toute neuve ! Mais ils sont devenus fous ! » s'étrangle-t-il au téléphone. Il repose le combiné. La ligne est coupée ! Ah, les ingrats ! Au lieu de me porter en triomphe, ils saccagent ! Voilà qu'ils défoncent la porte ! Pourquoi ne crient-ils pas, comme des gens normaux ? Pourquoi ce silence si alarmant...

Des cocktails Molotov s'écrasent sur les murs, le toit. La fenêtre explose. Des faces hirsutes s'encadrent, sombres, muettes, comme des morts-vivants. La porte cède sous les coups de boutoir d'une poutre.

« On se barricade dans l'autre pièce ! »

Miracle, le téléphone marche. Il hurle dans le combiné : « Les assaillants ? Des drogués, des travelos, des dealers, des petites frappes. À leur tête ? Le communiste ! Qui voulez-vous que ce soit ! Si vous n'êtes pas ici dans deux minutes... » La porte cède sur ses gongs. Collés au mur, Rathore et ses hommes assistent, tétanisés, au déferlement d'une foule silencieuse...

30 juin

Émeutes sanglantes à Nithari !

Coup de tonnerre dans tous les médias ! Manchettes à la une ! Avec Vikran, on n'y croyait plus ! Ce soudain réveil en fanfare ! Même s'il n'est pas encore question des sacs noirs. Des nuées de journalistes envahissent Nithari dans la matinée. Caméras, appareils photo, magnétos, carnets, un assaut en règle ! Tout ce monde avide de scoop patauge dans la boue, avec cette question sur toutes les lèvres : pourquoi cette mise à sac du poste de police ? Une population réputée pour sa docilité, native de l'Uttar Pradesh, du Bihar, de l'ouest du Bengale. Heureusement, on ne déplore aucune victime. Des dégâts matériels, un commissariat en ruines, la Mercedes du superintendant incendiée. Qui est derrière cette flambée de colère ? Le communiste, comme l'affirme Rathore ? Ou Al-Qaïda, qui réactive ses réseaux dormants dans les couches misérables de la population... Ben Laden aurait été aperçu, à genoux, en prière, le vendredi précédent, à la mosquée de Nithari.

Y a-t-il un rapport entre le succès de Rathore et la mise à sac du poste de police ?

Et si c'était l'ISI ? Les services secrets pakistanais multiplient les provocations depuis le début de l'année en lançant des kamikazes bardés de dynamite contre les hôtels luxueux de Mumbai et Delhi.

L'opinion publique s'alarme. C'est la première fois qu'un bidonville s'enflamme et s'attaque à la police, un symbole fort du pays. Et si les autres *slums* de Mumbai, Madras, Hyderabad et compagnie lui emboîtaient le pas... Cinq cents millions de révoltés dans l'ensemble du pays. La moitié de la population lâchée avec des cocktails Molotov contre les casernes, les mairies, le Parlement, la Chambre des députés, le palais du gouvernement...

La troupe investit le bidonville, cadenasse les endroits stratégiques. Les consignes ? On tire dans la foule, on fait les sommations après.

L'opposition somme le gouvernement de s'expliquer sur les troubles de Nithari. Une psychose gagne campagnes et cités.

Sonia Gandhi, la veuve du Premier ministre assassiné en 1991, présidente du Parti du Congrès, déboule à Nithari, toutes sirènes hurlantes, en cortège de voitures blindées et de motards.

Elle promet des réformes immédiates, stigmatise l'Uttar Pradesh, auquel appartient Nithari, un État en pleine anarchie. Elle annonce la mise en chantier d'une loi contre la pédophilie et le travail des enfants, sans grand rapport avec les récents événements. Ce soir-là, elle dîne en tête à tête avec sir Singh.

Au journal télévisé, l'Inde est un baril de poudre et Nithari, une mèche allumée. Une catastrophe annoncée, désordre, révolution en marche, une nouvelle page d'histoire qui s'écrit déjà dans les larmes et le sang.

Les patrouilles sillonnent les ruelles vides, le couvre-feu est instauré, de 6 heures du soir à 8 heures du matin.

13 juillet

Ce matin, au bulletin de 7 heures, la journaliste d'All India établit pour la première fois une possible relation entre l'attaque du poste de police et les petites disparues de Nithari.

Elle mentionne les quinze sacs-poubelle déposés dans les principales rédactions, avec les compliments de sir Mohinder Pandher Singh.

Au fil de la matinée, d'autres radios et chaînes de TV prennent le relais. Avec d'autres précisions. L'effet boule de neige, les sacs noirs découverts dans l'égout en face de la villa de sir Singh. Et les trois autres déposés chez Rathore, Azzam du CBI et sir Singh.

Un puzzle aux multiples pièces en train de se mettre en place.

Dans l'après-midi, les quotidiens confirment que ces sacs n'ont pas été découverts par Rathore, comme il le prétend, mais par Apu S., un adolescent de quinze ans, fils d'une disparue.

Rathore fuit les médias. Sir Singh fait front sur le perron de sa maison, face à une horde de journalistes.

« Une cabale, se défend-il avec virulence. Des adversaires politiques, experts en coups bas. À deux mois des élections, ne l'oublions pas !

– Pourquoi vos nom et adresse sur chaque sac ?

– Le CBI fera toute la lumière. Chacun son rôle ! Moi, j'œuvre pour mon parti, pour une Inde propre qui soit la vitrine de la démocratie en Asie. Le monde entier a les yeux braqués sur nous. Donnons l'exemple. Il y a deux mille ans, c'était Athènes. Demain, ce sera New Delhi !

– Pourquoi les harijan ont-ils incendié le poste de police ?

– Un fait sans précédent, inexplicable. Le superintendant a retrouvé le jour même une gamine disparue. Ça n'a pas plu... »

Avec Vikran, nous assistons, stupéfaits et ravis, à ce spectaculaire revirement des médias. Nous ne contrôlons plus rien. Devant cette formidable mobilisation, nous nous laissons emporter par la vague.

Une crainte : que cette tempête ne retombe aussi brutalement.

Sir Singh rebondit avec une surprenante agilité. Ce tremplin médiatique devient une caisse de résonance, une occasion inespérée à l'approche des élections.

Nous vivons, abasourdis, une période exceptionnelle où tout devient possible. Nous passons sans transition du désespoir le plus profond à une exaltation qui nous donne des ailes...

14 juillet

Le commissaire Azzam m'écoute avec attention. « Je veux tout savoir, depuis le commencement. Tiens, le talus, en face de la villa où tu as attendu ta maman. »

Il note toutes nos tentatives, à Indira et moi.

Un appétit d'ogre, ce commissaire au sourire tranquille qui rendrait jaloux l'inspecteur Colombo.

La cinquantaine râblée, large d'épaules, le visage rond, empâté, et l'impression d'avoir l'éternité devant lui pour démasquer les coupables.

Il examine toutes les pièces du puzzle, la mâchoire carnassière, avec son idée secrète, bien au chaud, sous son chapeau de feutre noir.

Cet après-midi, il se rend à nouveau chez sir Singh, l'Anguille, comme il le surnomme, toujours occupé.

Attention, Azzam, l'a prévenu le ministre de l'Intérieur. Vous marchez sur des œufs. Le président suit personnellement cette affaire. Alors, mon vieux, pas d'omelette !

J'accompagne le commissaire. Comme prévu, il bute sur Koli, le chien de garde. Qui lui claque la porte au nez.

Planté sur le perron, désappointé, Azzam téléphone à sir Singh. Son assistant répond, glacial. Son excellence veut bien vous accorder dix minutes, cet après-midi à 15 heures. Soumettez-lui par avance vos questions. Il raccroche.

Azzam griffonne, déchire une feuille de son calepin, la glisse sous la porte, s'en va.

Le CBI, la police des polices dans ses petits souliers. Ah ! s'il s'attendait… Lui devant lequel tremblent les puissants.

À 15 heures pile, nous sonnons. Sir Singh ne m'accorde pas un mouvement de cil.

« Moi aussi j'ai reçu comme vous un de ces fichus sacs. Des os d'animaux, probablement. Non, je ne l'ai pas ouvert. Une plaisanterie de carabins. Supposons, monsieur le commissaire, je trucide de pauvres innocentes pour des motifs fantasques qui m'échappent. Admettons. Je découpe, j'empaquette, j'arrose d'acide…

– … D'acide… mais… comment savez-vous ? Puisque vous n'avez pas ouvert votre sac !

– Mais… je reprends les informations des médias ! »

Étrange. Personne encore n'a mentionné ce détail capital.

Nullement démonté, sir Singh enchaîne :

« Je traverse la rue et me débarrasse du sac dans l'égout, juste en face. C'est grotesque, non ? Nous sommes en pleine campagne électorale. Coups bas et accusations pleuvent, c'est de bonne guerre. Mais avouez que mes adversaires ont l'imagination macabre ! Bientôt, vous verrez, ils m'accuseront d'avoir assassiné le Mahatma Gandhi, même si j'avais huit ans à l'époque ! » Baissant le ton : « Je nourris quelque soupçon sur l'ancien propriétaire, un capitaine au long cours... Drôlement pressé de fiche le camp en bradant la villa !

– Brader, dites-vous ?

– Oui. Il m'a vendu la maison à 50 % de sa valeur. »

Azzam note le nom, les coordonnées de l'officier de marine.

« Voyez-vous une autre piste, sir ?

– Oui... Les extrémistes sikhs. Ils ne m'ont jamais pardonné ma prise de position en 1984. J'ai même échappé à un attentat en 1999. Je reçois régulièrement des menaces de mort. Ils ont bien assassiné Indira Gandhi... Il est fort probable qu'ils soient derrière cette sinistre mascarade. »

Il se lève. Le temps est écoulé. Il nous congédie fort civilement. Une mouche aurait eu droit à une tape, une grimace. Pas moi. J'ai cessé d'exister.

Une équipe du CBI patauge dans le fossé, dans une montagne d'ordures jusqu'à la poitrine. « C'est curieux, médite Azzam. Quarante disparues, dix-huit sacs, et pas un torse... »

Le même soir

En rentrant chez Vikran, je bute sur sa femme prostrée. À midi, trois hommes cagoulés ont fait irruption dans la maison pour emporter Vikran dans une auto noire. Comme il refusait de les suivre, ils ont tout brisé, les meubles, la vaisselle, ses dents, avant de le jeter comme un vulgaire sac dans le coffre.

Si tu parles, on revient ! ont-ils menacé la femme avant de démarrer en trombe.

On a veillé toute la nuit, espérant en vain le retour de mon ami. À l'aube, des pêcheurs ont ramené son corps gonflé d'eau, le visage en partie dévoré par les carnassiers du fleuve.

Après Aryana, Vikran. Je suis le prochain sur la liste. Le jour, ça va, Azzam me protège, mais la nuit…

Saisi d'inquiétude, je bondis chez Maya. Sa voisine me raconte comment ils sont revenus, après

Vikran, cagoulés, dans leur auto noire, pour embarquer Maya, vers 5 heures du soir. Elle s'est débattue. Elle est sortie, le visage en sang. Ils l'ont poussée sur la banquette arrière.

« C'est ma faute ! Un témoin aussi précieux ! grommelle Azzam. J'aurai dû la mettre au vert. Je voulais l'interroger aujourd'hui…

— Ils l'ont noyée, tu crois ?

— Une chose est sûre, on ne la retrouvera jamais. Je veux dire vivante… » Puis posant ses pattes d'ours sur mes épaules :

« Tu es en danger, Apu. Viens loger chez moi. On ne se quitte plus. »

J'ai senti qu'il était content qu'une menace plane sur moi. Quand je suis entré dans son petit appartement, j'ai compris pourquoi.

Azzam habite au sixième étage d'un immeuble vétuste, pocheté d'humidité, dans un modeste appartement, deux pièces cuisine, avec W-C sur le palier.

J'aime beaucoup le balcon. Il y fait frais et on surplombe le musée Gandhi Smirti, construit au milieu d'un parc, sur les lieux mêmes de son assassinat.

Accoudés, nous contemplons cette atmosphère de recueillement qui monte jusqu'à nous, avec ses allées silencieuses, ses panneaux citant les principales pensées du Mahatma, ma préférée ? sois vrai[1].

Azzam vit seul depuis trois ans. Après le décès

---

1. « Fontaine qui respire » et parle, et ordonne « Be true », sois vrai.

accidentel de son fils – il aurait ton âge aujourd'hui – sa femme est morte de chagrin.

Il me confie tout ça en contemplant le soleil couchant.

Je dors sur un lit de camp, sous la fenêtre grillagée, dans la même chambre. L'autre sert de débarras.

J'aime bien l'écouter. Quand il évoque l'enquête, tout est dans le flair. « Les questions ? C'est pour ressembler aux héros de l'écran. Mais à mon âge, on sait, on sent, on ne se trompe jamais. L'ennui ? C'est de prouver.

– Et que sens-tu ?

– Comme toi... Mais sir Singh est un client coriace... »

Au fil des jours, je l'appelle Babba et lui, fiston. Un modeste d'allure, malgré les dizaines de subordonnés qui claquent des talons quand il apparaît.

Trois équipes travaillent sous ses ordres. La première collecte des informations. La deuxième s'occupe de filatures, je n'en saurai pas davantage. La troisième collabore avec les deux labos d'Agra et d'Hyderabad. Azzam est le chef d'orchestre qui se réserve sir Singh et son domestique.

21 juillet

« Tu vas être confronté à Rathore, m'avertit Azzam, au petit déjeuner. Aujourd'hui, à 10 heures, dans les studios de la CNN. Inquiet ?
— Depuis le temps que je rêve de lui voler dans les plumes !
— Si tu casses cette béquille, sir Singh tombe. Barkha Dutt, du *Delhi Post*, orchestrera le débat. Elle t'aime bien. Cette émission de cinquante minutes est suivie par dix millions de téléspectateurs. Je serai assis au premier rang, en face de toi. Si je bats la paupière gauche ? Ne réponds pas. Si c'est la droite, attaque ! »

Nous nous engouffrons dans son antique auto et nous nous dirigeons en faisant grincer les vitesses vers les studios de la CNN.

Je suis impressionné par le studio pris d'assaut. Comment vais-je m'en tirer… J'ai beau me concentrer, mon ange gardien a déserté mon épaule droite.

Barkha Dutt est incisive d'entrée. « Tu dis avoir découvert les dix-huit sacs dans l'égout. Mais le superintendant RSK Rathore affirme que c'est lui. Quelqu'un ment. »

Paupière droite.

Je répète mot pour mot ce que j'ai déjà dit cent fois. La mousson, le talus, la nuit, le sac qui se frotte contre mon dos. Puis les dix-sept autres…

« Quel crédit accorder à ce petit mythomane, fils de la célèbre Sati S. qui a empoisonné toute sa belle-famille, en 1993 ! » riposte Rathore.

Paupière droite.

« Vous avez raclé le fossé quelques jours plus tard, sans rien trouver. D'ailleurs, vous n'avez jamais pris la moindre déposition des familles des victimes. Parce qu'elles sont pauvres et ne peuvent vous graisser la patte !

– Étais-tu dans mon bureau pour affirmer pareils mensonges ? »

Ah ! sa folle envie de me noyer dans le fleuve, les poignets attachés dans le dos !

Il dégrafe son col, le teint couperosé.

Paupière droite.

« J'étais présent, derrière la fenêtre, quand Gopal Halder est venu pour la troisième fois signaler la disparition de sa fille Bina. Vous l'avez battu. Le lendemain, on l'a repêché dans le fleuve, avec vos compliments.

– Qu'est-ce que tu insinues ? »

Le vent tourne, s'en rend-il compte seulement ?

« Quarante disparues ? Quarante dépositions ! » enrage-t-il en écrasant le poing sur la table.

« C'est exact, intervient Barkha Dutt. Quand je vous les ai réclamées, vous avez accusé les assaillants de les avoir brûlées pendant l'assaut.

– En fumée, comme ma Mercedes blanche… »

Paupière droite.

« Les familles dans la salle sont prêtes à confirmer mes dires. » Puis apostrophant Rathore : « Chaque fois que tu ouvres la bouche, tu craches des crapauds !

– Tu me tutoies maintenant ? » Puis plongeant la main dans sa serviette en cuir : « J'ai ici la déposition de sir Sheikh Aslam, père de Raza Sheikh, six ans, disparue en avril 2007.

– Je connais ce Sheikh Aslam, intervient Azzam. Il n'a jamais vécu à Nithari, figurez-vous. Il est très connu des tribunaux, c'est un faux témoin professionnel. Je l'ai rencontré dans son village, la semaine passée, et voilà ce qu'il me déclare… » Azzam feuillette rapidement son carnet, puis il lit :

« RSK Rathore m'a offert trente milles roupies pour cette fausse déposition. Je n'ai jamais eu de fille prénommée Raza. »

Il referme son carnet, regagne sa place.

« Quant aux quarante dépositions, j'enchaîne, aucun incendie n'aurait pu les détruire pour la simple raison qu'elles n'ont jamais existé. »

Rathore accuse ces paroles, droit et digne, avec ses médailles sur la poitrine, un général mexicain bafoué dans son honneur.

Paupière droite.

Je quitte ma place et m'approche du superintendant. Je détache chaque mot, penché sur lui :

« *Tumhari vaja se hamare bachche mare hain. Tum to report bhi darj nahin karte unre khone si.*

» Les enfants sont morts à cause de toi. Tu n'as jamais pris la moindre déposition. Si tu avais fait ton travail, beaucoup de petites filles seraient encore de ce monde. »

Le lendemain, Barkha Dutt écrit dans sa chronique :

« Les meurtres en série des gamines et de jeunes filles aux confins de la capitale ne sont pas seulement une affaire de criminalité ; c'est une affaire de classe sociale. Et d'une manière ou d'une autre, nous sommes tous responsables. On ne peut nier le laxisme flagrant de la police de Nithari. »

23 juillet

Rathore vient d'être suspendu de ses fonctions. Il doit passer devant une commission de discipline. Six policiers sont révoqués pour corruption.

Je convoque Rathore et son adjoint au bureau central du CBI.

Ce dernier avoue sans mal avoir reçu un *mahmool* d'un politicien très en vue, en échange de menus services.

« Quels services ?
— Pas de déposition de plaintes, pas de disparitions, sir Azzam.
— Ce politicien. Son nom ?
— Il a oublié ! aboie Rathore.
— Combien vous a-t-il donné ?
— Trois cent mille roupies, sir Azzam, murmure l'adjoint.
— Rathore, expliquez-moi. Comment avez-vous pu vous offrir une Mercedes neuve avec votre salaire ridiculement bas ?

– Mes économies ! Quoi, c'est interdit ? » se cabre le superintendant.

Je le fixe avec pitié. Rathore baisse les yeux, balbutie :

« Une Mercedes blanche, ça ne se refuse pas, monsieur le commissaire divisionnaire...

– Certes, monsieur le superintendant, certes... »

28 juillet

Les deux laboratoires travaillent jour et nuit. À Hyderabad, on tente d'identifier les victimes grâce à leur ADN. Agra doit déterminer leur âge, la cause du décès.

Les résultats tombent : les corps ont bien été aspergés d'acide, une technique pratiquée par les médecins légistes pour masquer l'odeur des cadavres en décomposition.

Des experts du corps médical ont vraisemblablement participé à la découpe minutieuse, chirurgicale, des corps, avant d'en atténuer la puanteur par l'acide.

Cette nouvelle information disculpe *a priori* sir Singh et son domestique. Une question demeure en suspens. Comment sir Singh était-il au courant pour le traitement des corps par l'acide ?

Malgré l'absence de torse, les légistes ont formellement identifié Rimpa Halder, la fille de Gopal, quatorze ans, disparue le 13 avril 2008.

L'oncle, Khaled Khan, dépose aussitôt sous serment. Il accuse le superintendant RSK Rathore de protéger un politicien très influent du Parti du Congrès.

2 août

Mulayam Singh Yadau, mon supérieur, m'a enfin donné carte blanche.

« Mais attention, Azzam, vous violez l'intimité du futur Premier ministre. Dans trois jours, au rapport. Si vous l'accusez de crimes, j'exige des preuves irréfutables. Vous jouez votre peau et la mienne. Sir Singh est le chouchou de Sonia Gandhi. En cas d'échec, je saute, vous sautez, nous sautons. Si vous voulez mon avis…

– Non, sir, merci.

– Je vous le donne quand même ! Ce domestique, oui, Koli, il a une belle tête d'assassin. Envoyez-le-moi aux assises, qu'on en finisse ! L'opinion publique exige un coupable. Suis-je clair ? »

Une équipe scientifique en combinaison et gants passe au peigne fin les moindres recoins de la villa de sir Singh, à la recherche de traces de sang, d'empreintes digitales et plantaires, analysant les éclats de peinture.

« Une redoutable équipe ! je confie à Apu, capable de faire parler les murs, arracher des aveux à une araignée ! »

Elle m'abandonne le salon, une vaste pièce haute de plafond. Peaux de tigre, défenses d'éléphants, lances, poignards, arcs et flèches, fusils de tous calibres ornent les murs. Sur l'imposant manteau de cheminée, un aigle aux ailes déployées.

J'examine les photos, Singh en tenue de chasseur, rayonnant, un pied sur la dépouille d'un ours polaire, un jaguar, une panthère noire. Un fameux fusil.

Autour de lui, des chevaliers d'industrie, des ministres, Sonia Gandhi, le président. Au fond de la salle, un monumental bar en acajou : whiskey d'Écosse, Bardinet, curaçao bleu et sa bière favorite, la Goldschlager, avec des lamelles d'or. Plus une seconde à perdre. Je m'installe dans un fauteuil en cuir noir.

« Qu'on m'amène Koli ! »

Le domestique se présente aussitôt, propre, rasé, bien peigné, en chemise blanche et pantalon au pli impeccable.

Il se tient debout devant moi, le sourire crispé, se gratte la cuisse. « Je suis gardien de jour, de nuit, cuisinier, jardinier, récite-t-il d'un ton mécanique.

– Qui nettoie ?
– Maya. Mais elle est malade…
– On l'a kidnappée.

– Ah bon...
– Tu vis seul ?
– Oui. Mon maître n'aime pas le bruit. Il m'a donné trente mille roupies. Tiens, Koli, renvoie ta femme et tes braillards au Bengale.
– Et toi tu obéis.
– C'est le boss, je suis le domestique. C'est comme ça... »

Il me montre la photo de ses deux enfants, Mohandas, quatre ans et Payal, six mois.

« Ça fait un an que je les vois plus. J'envoie l'argent. Ils mangent bien, dans une bonne maison, dans de beaux habits. C'est comme ça...
– Quel âge as-tu, Koli ?
– Trente.
– Tu aimes les enfants ?
– Trop même. »

Mis en confiance, il s'assied enfin et accepte un verre de citronnade.

« Sir Singh est la crème des maîtres. Avant, j'ai galéré. D'abord au Bengale où j'ai trop crevé de faim. J'ai sauté sur un train qui m'a amené à New Delhi. J'ai lavé des autobus et des cadavres, mille roupies. Mais je préférais les morts, c'est plus rapide, moins fatiguant. Le Dr Naveen Chaudhary m'a embauché comme gardien et quand sir Singh a acheté la villa, j'ai traversé la cour pour travailler chez lui.
– Sir Singh vit seul ?
– Sa femme préfère Shrinagar. Il passe tous les week-ends en famille.

– Donc, vous êtes un couple de célibataires.

– Poliment, sir ! rit Koli en exhibant une incisive en or.

– Les femmes ne vous manquent pas ?

– Moi et le cul... Ça fait trois. Le boss, c'est différent. Il vient d'avoir soixante-huit ans. Il se teint la barbe et les moustaches. Mais il est triste à cause de toute cette neige sur ses poils, ça le mine. Chaque soir, il m'envoie chercher des filles. Il a besoin de se prouver qu'il est... toujours vaillant...

– Et toi, Koli ?

– La femme, je m'en passe ! Ça réclame tout le temps, l'argent, ton lait. Même quand tu donnes, ce n'est jamais assez. » Puis d'une voix confidentielle : « Je durcis, mais ça prend trop de temps, la fille est déjà partie... *Sahab* est un vrai père, je lui raconte mes petites misères. Il me conseille.

– Sur le sexe ?

– Aussi.

– C'est-à-dire ?

– C'est mon secret.

– Vous êtes très complices.

– Trop même ! C'est comme ça...

– Et ces filles, la nuit, que tu lui ramènes. Quel âge ?

– Entre vingt et quarante. Des putes.

– On raconte que des gamines entrent ici et n'en ressortent plus.

– Des langues de vipères ! Sir Singh a trop d'ennemis.

– Pourquoi donc ?

– En Inde, c'est comme ça.

– Je te présente Apu. Je crois que vous vous connaissez. »

Koli acquiesce, rembruni.

« Sa maman est venue un matin…

– Sati a filé par la porte de derrière ! J'ai déjà témoigné vingt fois ! » Puis apostrophant Apu : « Tu es bouché ou quoi ?

– Une nuit, Indira téléphone à Sati et tombe sur toi, attaque Apu. Elle reconnaît ta voix. Elle t'interroge, où est Sati ? Tu lui réponds, viens, et tu sauras… »

Koli lui lance un sale regard par en dessous. Il se racle la gorge, trois fois, *crescendo*.

« Viens et tu sauras… je dis en écho. Elle est venue… »

Koli, livide, étreint son verre de limonade. Soudain, une silhouette juvénile, déliée, se détache dans l'encadrement de la porte, en ombre chinoise.

« Ça tombe bien, voilà Indira ! » je m'exclame.

Koli se retourne, mortellement pâle, le verre se brise dans sa main. Il recule devant la silhouette gracile, les traits mangés d'ombre, qui s'avance vers lui. Même taille, même allure dansante qu'Indira. La technicienne scientifique disparaît comme un fantôme dans le corridor.

Koli halète en contemplant sa paume saignante, truffée d'éclats de verre.

« À nous deux, Koli !

— La première fois ? Je m'en souviens bien… J'avais mal dormi. J'ai téléphoné à Rimpa. Elle venait dans le lit du patron la nuit.

» C'est pour moi, j'ai dit.

» Elle arrive à midi, s'installe sur ce canapé. Les rideaux du salon sont tirés.

» "Où est ton maître ?

» — En Australie, je dis.

» — J'ai très soif. Sers-moi un thé au lait."

» Je vais à la cuisine. Je reviens avec le plateau qui tremble entre mes mains.

» "Tu ressembles à un singe ! rit-elle en soufflant sur sa tasse. Tes longs bras, pleins de poils ! Tu dors dans les arbres ?"

» Sa ronde poitrine gonfle son sari. Ça me fait bander, enfin, pas trop. Une jolie fille de dix-sept ans, drôlement moqueuse.

» "Pour toi, c'est trois mille, qu'elle m'annonce.

» — Mais avec mon maître, c'est deux mille cinq cents !

» Oui, mais lui ne ressemble pas à un gorille !"

» — Je sue, mes oreilles sifflent. Je fais semblant d'aller chercher l'argent, je reviens par-derrière, je l'étrangle, c'est facile finalement… Tu serres, la tête bascule, c'est fini. Elle est étendue sur ce tapis. C'est surtout ses yeux grands ouverts qui me gênent.

— Montre-moi comment », je demande.

Koli s'étend, fort obligeant, dans l'exacte position de Rimpa. Il tire même la langue. Il se relève, satisfait de la démonstration.

« Ensuite, je la déshabille, je la pénètre, encore toute tiède. Je jouis. Ça ne me dérange pas, finalement, qu'elle ne bouge pas.

– Ensuite ?

– Je la traîne par les pieds jusqu'à la buanderie. Je la découpe avec un couteau à égorger le mouton. Je range dans le congélateur le foie et deux kilos dans le jarret. »

Je cesse de noter, je suis tout vert. Apu est déjà dans le jardin en train de vomir.

15 août

LA MAISON DES HORREURS !

Dans les médias, il n'est question que du monstre qui détaille son crime comme une recette de cuisine.

Dans sa cellule de la prison de Delhi, Koli est enchaîné aux chevilles, aux poignets. Il est ailleurs, en pensée, le visage tourné vers la meurtrière aux gros barreaux qui découpent des rais de soleil.

Entend-il seulement ?

Le *serial killer* vient de passer des aveux complets pour le crime de Rimpa. « Mon maître n'a rien à voir dans tout ça. C'est moi et moi seul ! Le jour du crime, il était en Australie. »

J'ai beau énumérer la liste des trente-neuf autres disparues, il réplique d'une voix mécanique, c'est pas moi, monsieur le commissaire. Il se tait, il a tout dit.

Sir Singh tombe des nues. Koli, un assassin ! Une fille étranglée puis dépecée sous son toit... Il brandit son passeport, confirme, ce jour-là, il se trouvait à Sydney pour affaires. Tout concorde, visa, tampons, date.

Il tient le document à disposition de la justice.

« Non, je n'ai rien remarqué d'anormal à mon retour à la villa. J'étais fatigué, et avec le décalage horaire... Et puis, cette maison est plus la sienne que la mienne, je suis si souvent parti », confesse-t-il à la CNN.

L'assassin ? Un être taciturne, analphabète, qui singe son maître. Avec ses moustaches en croc, sa barbichette, des lunettes rondes.

Les médias le comparent volontiers aux criminels célèbres qui ont défrayé la chronique.

Thug Behram, de la secte des Thugs, à l'impressionnant tableau de chasse. Neuf cent trente et une victimes étranglées entre 1790 et 1840.

L'Inde est sous le choc. Pas un jour sans une nouvelle révélation scabreuse. On interpelle sir Singh. Comment est-ce possible ? Enfin, quarante victimes... Votre domestique n'a pu agir à votre insu !

Quand j'interroge Koli, il montre les crocs.

« Le coupable, c'est moi seul, commissaire ! Mon maître était toujours parti. Je m'ennuyais dans cette grande maison. J'avais le spleen...

– Le spleen ? » je relève, surpris.

Son discours est truffé d'expressions apprises. Le perroquet de son maître, je note en marge de mon carnet.

Quand j'insiste, Koli, assis, se balance d'avant en arrière et bourdonne une plainte, les lèvres closes. Cela dure des minutes, des heures.

Des dizaines de journalistes campent autour de la prison de Tihar de Delhi, la plus grande d'Asie.

Mes questions se perdent comme des balles de ping-pong dans la jungle.

Rien de bon ne peut sortir de cet œuf de serpent.

Qui découpe les corps ? Pourquoi le torse manque ? Que deviennent les organes, foie, cœur, reins ? Où sont passées les vingt-deux autres victimes manquantes ?

Après deux semaines d'interrogatoire, toujours rien. Pas un progrès. Koli refuse d'écouter, de répondre, il s'ennuie. Quand il pleut, il baisse la tête. Quand le soleil pénètre dans sa cellule, il offre son visage aux rayons, les paupières closes, il ronronne.

Il se rend au palais, menotté. La foule hurle à mort ! La première fois, elle a forcé le barrage de police et a tenté de le lyncher.

Dorénavant, Koli est protégé comme un président en visite.

Une bête comme ça.

Le juge d'instruction s'agace, menace, renvoie le mutique.

Rien de bon, non…

30 août

L'*Indian Express* compare Koli à Raman Raghav, le tueur au marteau qui opéra à Mumbai dans les années soixante. Ses trente-cinq victimes ? Des SDF qu'il massacrait pendant leur sommeil. Il aurait pu rivaliser avec Thug Behram s'il avait été plus malin avec la justice.

Comme Koli, il refusa de répondre aux questions. Il se mit à table lorsque la police accéda à sa demande en lui servant du poulet grillé aux amandes.

Qu'aimerais-tu manger, Koli, du poulet, du poisson ?

Koli se balance et bourdonne ce son plaintif. Les trois psychiatres qui se succèdent sont perplexes. Pas une confidence, aucun regret. Son comportement ressemble à celui de Raman Raghav. Il a assassiné mais ne comprend pas que c'est contraire à la loi. Ce meurtre avoué relève de pulsions irrésistibles.

En cours d'interrogatoire, Koli se fâche soudain et hurle comme un loup en tirant sur ses chaînes. Azzam, je vais te tuer !

Depuis cet incident, deux gardiens armés sont présents à chaque interrogatoire.

Aujourd'hui, Koli écoute tomber la pluie.

15 septembre

Le sérum de vérité n'apporte aucune réponse. Chou blanc. Autant lui injecter de la pisse d'âne ! je grommelle.

Chacun son métier, signifie Koli. Un sourire rusé l'éclaire quand je pénètre dans sa cellule.

Son procès est fixé au 15 octobre, dans un mois. L'opinion publique et les hautes autorités du pays exigent une sentence exemplaire, à la veille des élections.

Ce matin, je joue mon va-tout en me rendant chez sir Singh.

« Excusez-moi de vous importuner, votre temps est très précieux. Votre domestique ? Si je lui sciais le crâne, il en coulerait de la sciure !

– Continuez sans moi ! » lance sir Singh à son staff. Il me conduit à son cabinet privé.

« Vous croyez connaître les hommes, soupire sir Singh et puis… » Il écarte des paumes impuissantes.

« Ce crime me rend malade, si vous saviez... J'ai vécu avec Koli deux ans... Et puis voilà. J'avais confiance... Qui aurait cru... ce crime horrible... Sous mon toit... pendant mon absence... Le juge m'a dit : "Vous êtes naïf, sir Singh."

» C'est vrai, j'accorde spontanément ma confiance. L'homme est bon par nature, c'est mon credo. Mais la société... que voulez-vous.

– Certes, sir Singh, certes...

– Koli est un grand enfant. Il a besoin d'être commandé, puni. Si je lui avais demandé de se précipiter dans un bûcher funéraire, il se serait exécuté sans hésitation. »

Il consulte sa montre-bracelet.

« Merci de votre visite, commissaire. » Il s'éloigne, ralentit, revient sur ses pas.

« Parle-t-il de moi ? questionne-t-il tout bas.

– Vous êtes son dieu. Quand il ouvre la bouche, c'est pour répéter : "Mon maître n'a rien à voir dans ce crime." » Après un silence : « Sir Singh, je ne veux pas abuser de votre temps, mais... Vous seul pouvez m'aider !

– Qu'attendez-vous exactement de moi ?

– Je veux qu'il soulage sa conscience et avoue tous ses crimes.

– Rien que ça... »

Sir Singh caresse, méditatif, les pointes en croc de ses moustaches.

« C'est notre dernière chance, sir Singh.

– Je vous accorde une heure. À mes conditions. J'exige de m'entretenir seul à seul, avec Koli dans

une cellule sans miroir, sans micro, sans caméra. Vous resterez dehors, Azzam, derrière la porte. Ah, il faut aussi lui ôter ses chaînes. Je ne crains rien.
– Tout ce que vous voudrez, Excellence ! »

Nous descendons d'un pas nerveux le perron. Sir Singh pile.

« Je veux aussi une équipe de la CNN qui filmera ses aveux, en direct, à chaud, si je réussis à le convaincre. Mais… ne vous faites pas trop d'illusion. Le bougre est sacrément têtu ! »

L'entretien confidentiel se déroule très exactement selon les vœux de sir Singh.

Une heure plus tard, sir Singh cogne trois coups à la porte, et annonce, épuisé et radieux :

« Koli va passer aux aveux. »

L'équipe de la CNN se glisse dans la cellule avec appréhension. Le dément est sans entraves. Ils n'ont pas le temps de s'inquiéter. Koli se jette aux pieds de sir Singh en gémissant, il hoquette.

« Mille pardons, *sahab* ! Pour tout ce mal, vous êtes si bon ! » mugit-il en se cognant le front contre le ciment. Il saigne. Il lève un visage hagard vers sir Singh.

« J'étais trop seul… loin de mes enfants… Et vous, toujours parti à l'étranger… Ces dix-huit crimes, je les ai commis seul, sans aide, sans complicité, avec le diable qui commandait dans ma tête. Vous n'avez rien à voir dans toutes ces horreurs ! Ganesh, Shiva, Kali, me disent : demande pardon. Avoue tout. »

Sir Singh contemple son domestique qui rampe à ses pieds, dans le ronronnement de la caméra, levant vers lui un visage baigné de larmes.

La vérité est enfin dite. Il n'y a plus lieu d'y revenir. Cette confession blanchit totalement sir Singh des perfides attaques de ses nombreux ennemis.

Les yeux rouges, il se mouche en gros plan. D'une voix cassée, sir Singh lâche :

« Je dois retourner travailler. Cinq cents millions de malheureux crèvent dans les bidonvilles. Il faut agir d'urgence... »

Koli le supplie de bien s'occuper de sa femme et de ses deux petits lorsqu'on l'aura pendu.

Sir Singh promet, tourne les talons, disparaît. La porte de la cellule claque avec un bruit sourd. Koli sanglote à terre.

Cette séquence de sept minutes trente passe en boucle sur la CNN avant d'être reprise par les principales chaînes publiques et privées. Le domestique avoue dix-huit crimes et innocente son maître.

L'Inde entière a les yeux rivés sur cette poignante confession. Un *serial killer* qui implore le pardon d'un citoyen au-dessus de tout soupçon.

Sir Singh vient de laver son honneur en direct. Ces minutes hallucinantes balaient les moindres doutes qui pouvaient encore planer sur lui. Sa victoire aux élections ? Une formalité, reconnaissent ses adversaires. On évoque même le portefeuille de Premier ministre.

Dans le bureau du juge d'instruction commence la confession-marathon de Koli, de jeudi, 17 heures jusqu'au vendredi, 6 heures du matin. Avant de reprendre le même jour à 11 heures et s'achever tard dans la nuit du vendredi au samedi.

Je suis très soucieux. En croyant piéger sir Singh, ce dernier, fort habilement, a retourné la situation à son avantage, en direct, sous l'œil de la caméra. Un redoutable animal politique qui évite la confrontation publique avec son domestique et en ressort grandi.

Sir Singh est l'invité des principaux plateaux de TV. Pas un jour sans qu'un article élogieux ne soit publié sur lui. Sa ronde physionomie sympathique, ses beaux yeux en amande séduisent. Sa barbiche et ses moustaches en croc deviennent vite familières et participent à sa popularité. Il s'exprime d'une voix grave, avec aisance et clarté, avec une pincée d'humour et de sensibilité qui plaît. Ses idées simples font mouche, elles parlent au peuple, aux différentes castes. Des propos qui sonnent juste et s'adressent à l'esprit, au cœur, à l'âme. Enfin un politicien authentique, à poigne, affable et humain, qu'on aimerait inviter à sa table.

Il vit au cœur de Nithari. La misère, il connaît. Donnez-moi cinq ans et je vous promets d'éradiquer tous les bidonvilles !

Quand on évoque l'affaire Koli, il ne se dérobe

pas. Tout a été dit, filmé. *No comment*. Que la justice fasse son travail.

Il exige d'être soumis au Penthotal, le sérum de vérité. RAS. Rien à signaler.

Son programme est ambitieux. Ses objectifs prioritaires : la police doit retrouver sa véritable vocation, être au service du citoyen, pauvre, riche, sans distinction ; combattre la corruption à tous les niveaux ; appliquer enfin la loi votée en 1961, contre la dot, cette pratique ancestrale et barbare qui perdure.

Disparaît-il d'un plateau qu'il est aussitôt remplacé par son vieux complice, l'avocat Deepak Kumar.

Sir Singh ? Un des plus brillants cerveaux du pays ! assène-t-il avec force. Un bourreau de travail qui ne dort que trois heures par nuit. Son programme ? Au service des plus démunis. Cet homme providentiel, sur le point d'entrer dans l'Histoire, aurait séduit le Mahatma Gandhi !

15 octobre

Koli vient d'apparaître dans le box des accusés, élégant en chemise blanche et pantalon de toile. L'Inde entière retient son souffle. Un procès exceptionnel suivi aussi par les médias étrangers.

Koli a encore grossi. Il arbore les moustaches outrecuidantes de son maître, une barbiche, de nouvelles lunettes, rondes, à fine monture dorée, des bajoues, un bedon.

Un acteur raté qui singe son modèle avec une maladresse attendrissante.

« J'ai bien étranglé Rimpa Halder, confirme-t-il sans l'ombre d'une émotion.

– Pourquoi ? interroge le procureur.

– La femme est mauvaise par nature…

– Tiens donc !

– Elle vous prend votre sperme, vos roupies, elle vous humilie.

– Est-ce une raison suffisante pour l'étrangler ?

– Oui, Votre Honneur.

– Qu'avez-vous fait du corps ?

– Mais… je l'ai découpé ! » s'exclame-t-il comme s'il s'agissait d'une évidence.

Puis, le sourire rusé : « Votre Honneur, à ma place, n'auriez-vous pas fait la même chose ? »

Le procureur en demeure bouche bée. Très sûr de lui, l'accusé examine la salle bondée. On étouffe. Des ventilateurs au plafond brassent un air cotonneux. Koli croise le regard d'Apu, se rembrunit. Des flashes crépitent. Il offre, complaisant, son meilleur profil, une bête de scène qui apprend vite. Il bâille, croise les mains sur son ventre, tourne la tête vers la fenêtre. Ni pluie, ni soleil, temps orageux. Il fixe ses pieds.

« Où était votre maître, le jour du crime ? questionne le juge.

– En Australie, répond-il sans ciller.

– Vous souvenez-vous de la date ?

– Oui.

– Pouvez-vous préciser ?

– Non.

– Pourquoi avez-vous étranglé Rimpa Halder ? Cette malheureuse était tout de même venue pour vous faire du bien !

– Pourquoi ? dit Koli en écho, d'une voix lointaine. C'est vous le savant de la tête, pas moi. C'était comme… une subite envie… de fraises. »

Koli plonge dans une douce torpeur.

Sir Singh est appelé à la barre. Il confirme, passeport à l'appui.

« Le jour du crime, j'étais à Sydney. Avant de poursuivre, permettez-moi de présenter mes condoléances à la famille de la pauvre Rimpa. Je partage son malheur et je suis très triste. Je leur demande pardon, pour mon ancien domestique, ce dément irresponsable. » Après un silence recueilli, il relève la tête : « Dès demain, je m'engage à verser trente millions à la famille. Même si cela ne ressuscite pas la pauvre Rimpa. À l'idée de cet acte... si barbare, commis sous mon toit, en mon absence... Je n'éprouve qu'horreur et dégoût. Tout cela ne serait peut-être pas arrivé si je n'avais conseillé à Koli de renvoyer sa femme et ses enfants à la campagne. Il s'est retrouvé brusquement seul dans la grande villa, désœuvré, et moi, j'étais souvent parti. Je dois préciser qu'il se disputait fréquemment avec sa femme. Le climat était devenu très tendu. J'ai cru bien faire... je le regrette.

– À votre retour d'Australie, avez-vous remarqué des traces de sang, un comportement bizarre de votre domestique ?

– Non, Votre Honneur. La maison était propre et le repas excellent, comme d'habitude.

– Cette cécité, sir Singh, est pour le moins surprenante ! »

Agrippant la barre, il rétorque :

« Quand on revient d'aussi loin, on est épuisé, Votre Honneur... Le décalage horaire... on est... désorienté. On se douche, on ne cherche pas tout de suite des taches de sang, comprenez-vous. Les problèmes professionnels, la politique, vous guettent au pied de la passerelle. Et puis, nous n'avons plus vingt ans… »

Il s'exprime avec concision. Pas une fois, il ne regarde dans la direction de Koli, prostré dans son box.

Trois psychiatres se succèdent à la barre. Il est encore question de cette pulsion irrésistible, l'instinct de mort. On étrangle son prochain sans le vouloir vraiment. Un esprit fruste qui confond le bien et le mal.

« Le sérum de vérité n'a rien révélé de probant, avance le Dr Dogra. Koli a répété tout ce que l'on savait déjà, avec une absence totale de remords. »

Un psychologue du DFS, Directorate of Forensic Sciences, de Gandhinagar, donne les résultats de la narcoanalyse et de l'électro-encéphalogramme.

« Aucun désordre mental chez le sujet. Il aurait agi, malgré lui, à cause de violentes pulsions meurtrières. Le sujet est émotionnellement dépravé et présente des déviances sexuelles, à cause de la séparation avec son épouse. Cependant, ces résultats doivent être abordés avec précaution. Le sujet peut très bien se jouer de nos techniques d'évaluation. Nous sommes sûrs d'une chose, c'est son admiration et sa confiance inconditionnelle pour son maître.

» Trop solitaire, coupé de sa famille, asocial, le sujet a perdu le sens du réel et discerne mal la frontière ténue entre le bien et le mal. Il se sent bizarre. Ses désordres sexuels et ce sentiment d'impuissance sont à l'origine de son passage à l'acte. Nous n'avons pas décelé d'autres anomalies psychiques chez le sujet. »

Un autre psychiatre compare Koli à Auto Shankar, le tueur en série, pendu le 27 avril 1995 pour le meurtre de neuf adolescentes.

« Que se passe-t-il dans une tête d'assassin ? Bien malin celui qui en détient la clef... Ces psychopathes souffrent de traumas remontant à l'enfance, incapables de la moindre introspection. Auto Shankar, lui, accusait le cinéma qui fabriquait le diable dans sa tête. »

Le mystère Koli demeure entier.

« Vous étranglez puis violez Rimpa avant de la découper dans la buanderie. Et ensuite ?

— J'ai sorti son foie du réfrigérateur, j'avais faim, je l'ai frit avec des oignons. J'en ai mangé un morceau que j'ai vomi juste après. »

Stupéfaction dans la salle.

« Avez-vous servi de ce foie... à votre maître ?

— Oui, à son retour d'Australie. »

Sir Singh quitte précipitamment la salle.

« Rimpa Halder est la première de la série ?

— Oui. Dix-sept autres ont suivi.

— Et les vingt-deux autres disparues ?

— Que la police fasse son boulot. Moi, je dis ce que j'ai fait, ce que je sais. »

Le juge le somme de se lever. Koli donne des noms, des dates, quand son maître voyage. Il détaille le *modus operandi*, la routine. Il étrangle, viole, découpe, prélève un bout de cœur, la cervelle aussi. Des fois non. C'est selon sa faim, ses envies. L'acide estompe la puanteur des chairs.

« Qui vous a suggéré l'emploi d'acide ?
— Un feuilleton à la TV. »

Il se débarrasse des corps dans l'égout. Depuis deux ans, sans jamais être inquiété.

Sir Singh revient à la barre en essuyant sa bouche avec un mouchoir.

« Enfin, tout de même ! Ces vapeurs d'acide qui picotent le nez deux ans après, vous n'allez pas me dire ! »

Sir Singh écarte des paumes impuissantes.

« S'il bricolait dans la buanderie... Moi, je n'y mets jamais les pieds ! » Puis : « Si vous le permettez, Votre Honneur, j'ai quelque chose à ajouter... » Il peine à s'exprimer, à deux doigts de vomir.

Il se tourne vers Koli et, d'une voix cassée par l'émotion, des larmes aux yeux :

« Tu es le diable ! » Et toute l'assistance l'entend, jusqu'au fond de la salle, à cause du silence de cathédrale.

Il veut poursuivre mais ses jambes vacillent, il se raccroche à la barre avant de regagner sa place d'un pas chancelant.

Koli se met à gémir interminablement, les bras tendus vers sir Singh.

« Mille pardons, mon bon maître pour toute la peine que je vous ai faite ! Coupez-moi tout de suite la tête ! »

Une heure plus tard, l'audience reprend. Le juge appelle à la barre Mme Davinder Kaur, l'épouse de sir Singh.

Une femme mûre, très élégante, qui impressionne l'assistance.

« Mon époux Mohinder et moi vivons séparés pour des raisons pratiques, lui à Nithari, moi avec notre fils Karan à Shrinagar. Nous avons une vie de famille les week-ends. Je dois dire que c'est un bon père et un excellent mari. Il est très occupé par ses sociétés et la politique. En trente-cinq ans de mariage, je me félicite chaque jour d'avoir épousé cet homme exceptionnel. Un grand humaniste.

– Vous a-t-il paru normal ces deux dernières années ?

– Autant que vous, Votre Honneur ! »

La salle éclate de rire.

« Mohinder est brillant, et très agréable à vivre. Ses ennemis sont nombreux et ont monté de toutes pièces cette cabale. C'est un grand visionnaire dont l'Histoire retiendra le nom. »

Elle regagne sa place, près de son mari, sous les applaudissements.

Après trois heures de délibération, le verdict tombe : Koli, coupable d'homicide au premier degré, sera pendu.

16 octobre

Le pire est encore à venir. On rumine tout ça, Azzam et moi, en recrachant des arêtes de poisson-chat à la terrasse d'une gargote bâtie sur une langue de sable au milieu du fleuve. Le chant de l'eau ne parvient pas à nous détendre, malgré le pépiement des oiseaux et la douceur crépusculaire.

C'est fichu. Tous ces efforts et ces espoirs…

Sir Singh est le grand gagnant. Il envoie Koli à la potence en jouant les victimes innocentes, abusées par leur crédulité.

Ce jeudi soir, en compagnie de son ami Naveen Chaudhary, il doit s'envoyer en l'air, après un dîner fin chez Karim's, dans une suite luxueuse de l'Imperial Hotel.

Un Ponce Pilate, la conscience sereine, en prévision des élections qui vont lui offrir un portefeuille de ministre. Cette affaire ? Un tremplin inespéré qu'il a utilisé avec talent.

« Il y aura encore dix-sept procès, à mesure de l'identification des victimes. On condamnera Koli autant de fois à mort.

» Et pendant ce temps, sir Singh aux commandes du pays sauvera la tête de Koli, probablement.

– C'est impossible !

– Dans l'esprit des gens, Koli est pendu dix-huit fois. Il est déjà mort et n'intéresse plus personne. Les psychiatres sont unanimes. Un psychopathe, incapable de distinguer le bien du mal. Le ton est donné. Victime de ses pulsions meurtrières ? Traduction, irresponsable ! Très dangereux, à isoler d'urgence dans le service des agités, dans une clinique quatre étoiles, avec suivi médical rigoureux, cellule capitonnée, médicaments, électrochocs, pour le folklore, muselière. On n'a jamais pendu un dément. » Azzam se rince le gosier d'une rasade de bière tiède.

« Sir Singh orchestre cette mise en scène. Il distribue des *mahmools* en toute discrétion, sur des comptes en banque à l'étranger. Le temps passe, on oublie, un *serial killer* en chasse un autre.

» La semaine dernière, les autorités ont alloué cinq cent mille roupies aux familles des victimes. Elles veulent que justice soit faite, un travail bien payé, un bon toit. Tout le monde est content. Koli guérit. Il n'a plus envie d'étrangler. Sir Singh prépare discrètement sa sortie. Il est le cerveau, et Koli le bras qui exécute. Un accord secret. Et nous sommes les pigeons de la farce, avec cette justice à deux roupies ! Mange donc la tête de poisson, ça rend plus intelligent ! »

Il commande deux autres bières.

« Les familles sont finalement satisfaites, le criminel est condamné dix-huit fois à mort, les flics pourris sont mis à pied. Rathore vient d'être muté dans le Kérala, par mesure disciplinaire. En réalité, une promotion, il double son salaire. Les journalistes m'interrogent : la police est-elle enfin mûre pour une profonde réforme ? Et ces crimes horribles, peut-on dire : Jamais plus ?

» Dois-je jouer les autruches, la tête dans le sable, le croupion au soleil, leur seriner : ne vous inquiétez plus ? Une Inde enfin propre, plus de corruption, plus de crime ! Ou bien avancer que ces événements bien regrettables peuvent se reproduire à n'importe quel moment...

» Être honnête pour Rathore et ses sbires signifie simplement ne pas profiter de l'occasion de s'enrichir.

– Mais alors... rien ne changera ?

– Non, Apu. Fais-toi une raison ou bien va vivre dans un tonneau d'eau dans le désert. À la prochaine disparition, le nouveau Rathore conseillera aux familles de chercher par elles-mêmes, on n'est jamais aussi bien servi...

» Des fois, je me dis, que tu es bête, Azzam, pourquoi ne profites-tu pas comme tous tes collègues... Je roule dans une antique auto, je vis dans un petit appartement vieillot, je porte le même chapeau depuis dix ans. Mon compte en banque est à sec. Des gens bien intentionnés me font la cour. Mon cher Azzam, vous méritez une vie plus confortable, à votre âge ! Des pères Noël à la hotte pleine de roupies. À condition de rendre un petit service... Fermer les yeux, une seconde ou deux. Quel choix, hein, dis-moi...

— Cette affaire est limpide ! Le maître et son domestique, un tandem diabolique. Et Naveen Chaudhary, patron de deux cliniques ?

— Suspecté en 1999 de trafic d'organes, vite blanchi, dossier classé, soupire Azzam. Plein aux as...

— Dépecer des corps avec une telle précision chirurgicale, cela exige de réelles connaissances anatomiques pour sauvegarder les organes vitaux.

— Un marché très lucratif. Sais-tu combien coûte un rein sur le marché indien ? Cinquante mille dollars. Les étrangers se ruent dans nos cliniques. Relis-moi tes notes, Apu.

— "Aujourd'hui, 3 juin, 8 h 30 du matin. Naveen Chaudhary sort de la villa dans son auto. Il klaxonne trois fois. Koli surgit avec une petite glacière qu'il range dans le coffre. Le docteur disparaît...

— Et les voyages de Singh en Chine, dans les Émirats arabes, à Sydney, Genève, Rio. Ça en coûte des roupies... Malgré ses dix sociétés en dépôt de bilan, il continue de mener la grande vie. Dîners fins, escort girls, *mamhools*, voyages. Il vient de verser trente millions à la famille de Rimpa. Et vingt autres millions pour les orphelins de la police. Des gestes salués par tous les médias.

— Un VRP de luxe qui propose à une riche clientèle son press book, rein, foie, cœur. Aux prochains procès ? Il brandira son passeport, ce jour-là j'étais à Copacabana, Bangkok, Lima. »

Azzam est ivre de bière chaude.

« Ce soir, je veux rouler sous la table. J'en ai marre de ce monde qui tourne à l'envers, marre de jouer les boy-scouts intègres, marre de cette justice à deux vitesses. » Il contemple son verre vide, le brandit au passage du serveur. « Pourquoi ai-je supplié Singh de s'entretenir avec Koli en prison ? Quelle connerie ! Lui qui appréhendait une confrontation publique avec son domestique. Il a saisi cette fantastique opportunité. Avec distribution des rôles, Koli le monstre, Singh la pauvre victime, en direct, sous l'œil des caméras. Veux-tu connaître la fin de cette pathétique histoire ? Les gamines vont continuer de disparaître, il n'y a aucune raison de briser ce cercle maléfique. Pendant ce temps, Koli suit son chemin de croix, fourchette à la main, avec sérénité. Dix-huit condamnations à mort, la tête sur les épaules, un intouchable au-dessus des lois. D'où lui vient cette assurance insolente... J'imagine très bien Singh, dans la cellule, en train de chuchoter, quarante disparues ? Une paille ! On tue cinq cent mille fœtus par an. Un génocide industriel ! Pourquoi ne condamnerait-on pas les docteurs avorteurs, les mères infanticides, les sages-femmes, les familles qui vendent leurs petites dans les bordels. »

20 octobre

« Inutile d'insister, Apu, trop de risques ! » Ses gros yeux chagrins au fond des miens : « Cette histoire te rend cinglé. Tu veux mourir, c'est ça, dis ? Attends, je vais t'aider ! »

Il plaque son pistolet chargé sur la table, sous mon nez.

« Loge-toi une balle dans la tête, c'est plus simple. Jamais je ne te laisserai entrer dans la cellule de ce fauve. Et tu veux causer avec lui, seul à seul, sans chaînes ! Quand je me rends dans sa cellule, des gardes armés me protègent. Il rêve d'un meurtre à la barbe des matons, pour assurer son ticket pour l'asile. Imagine les manchettes : Un adolescent de quinze ans réussit à se glisser dans la cellule de Koli. Le forcené se jette aussitôt sur lui et dévore son foie cru sans oignon ! »

Azzam repose sa tasse de thé en soupirant.

« En trente-quatre ans de carrière, je n'ai jamais croisé pareil criminel. Il crache sur le juge, le procureur, le CBI, ses avocats. »

Après un silence : « Son maître, la seule divinité devant laquelle il se prosterne...

— Babba Azzam, c'est notre dernière chance... Si tu refuses, je m'en vais ! »

L'idée même que je le quitte l'inquiète. Il m'écoute avec plus d'attention.

« Sir Singh va devenir ministre. Il va faire voter des lois contre les pédophiles, les kidnappeurs d'enfants, les *serial killers*. Dans deux ans, Koli ressort libre. J'en crève, Babba... Je dois parler avec Koli. C'est notre dernière carte, avant les élections !

— Nous n'avons aucune chance d'obtenir cette autorisation, mon fils... »

30 octobre, 8 heures du matin

J'entre dans la cellule, trois mètres sur quatre. Une meurtrière à gros barreaux découpe un ciel de craie. Au-dessous, un matelas maculé, qui perd sa paille.

Un plafonnier allumé en permanence bave une lumière d'aquarium. À droite de la porte, un trou qui pue la merde et l'acide chlorhydrique.

Au centre, Koli enchaîné aux poignets et aux chevilles, lit les aventures du célèbre *serial killer* Raman Raghav, le tueur au marteau. Il ne cille pas, plongé dans sa bande dessinée.

Un maton décadenasse ses chevilles et ses poignets avant de rejoindre Azzam, inquiet, dans le couloir. La porte se referme sur nous.

Nous sommes seuls, assis, de part et d'autre de la table en fer. Sans témoins, sans caméra, sans micro. Il pourrait me bondir à l'instant à la gorge et boire mon sang avant que les autres ne puissent réagir.

Koli poursuit sa lecture en se massant les poignets. Il daigne enfin lever les yeux, hausse les sourcils.

« Toi ici ? » Il feint la surprise.

Il a encore grossi. Ses moustaches fleuries en croc rivalisent avec celles de son maître. Sur ses joues, des dards de scorpion.

« C'est gentil de venir rendre visite au monstre. Tu n'as pas peur ? »

Il s'empresse d'accepter un cigarillo à l'eucalyptus. Il fume avec délectation, les paupières closes. Sa poitrine se dilate, il suit des yeux la fumée verte qui s'échappe par la meurtrière.

Un sourire narquois dilate sa face graisseuse. Il lui a poussé un triple menton. La pluie tombe, douce, tiède.

Il agite sa longue crinière où brillent des fils d'argent.

« Tu te souviens quand tu m'as défendu au marché des voleurs ? » sourit-il, nostalgique.

C'était deux ans plus tôt. Je buvais du thé à une terrasse en compagnie de voyous de mon âge. Voilà Koli qui passe...

C'est vrai ce qu'on raconte sur toi ? lui lance Sabu, un voleur à la tire.

Koli pile, surpris.

Deepika raconte que tu es le *Number One* des impuissants !

Koli fronce les sourcils, serre les poings. Mais ils sont dix en face et il est tout seul.

Au lit, tu es un fameux coup ! Cinq secondes chrono !

Les hyènes s'esclaffent en se claquant la paume.

Koli se décompose, la sueur l'aveugle.

Fichez-lui donc la paix ! j'explose. Les autres me regardent, surpris.

Ils sont jaloux, Koli. Tu as le meilleur job de tout Nithari !

Il acquiesce, le sourire humide, il s'éloigne d'un pas traînant en se retournant vers moi...

« Toi et moi, on est pareils, Apu, des harijan, lâche Koli. Même notre ombre souille... »

Koli bat le briquet, fixe la flamme.

« C'est curieux... Tu viens d'être condamné à mort. Mais c'est comme si...

— Ils ne peuvent pas me couper la tête quarante fois ! s'esclaffe-t-il.

— Tu en as donc tué quarante ?

— Moi, je sais compter que jusqu'à dix-huit ! »

Puis d'un ton faussement innocent :

« Mais comme dit mon maître, malgré la sentence du tribunal, le monde bouge, les gens changent, les juges passent, la mémoire s'efface... »

La fumée poche son œil droit. Le gauche s'écarquille sur un espoir insensé.

« Ton maître t'a embobiné jusqu'au trognon ! »

Il tousse et crache la fumée grasse d'eucalyptus.

« Tu croupis en prison, et moi, dehors, j'entends et je vois tout !

– Par exemple ?

– Ton maître a mis en vente la villa… »

Il saisit mon pouce d'un geste vif et le tord. Je retiens un hurlement. Il me fixe en attendant que je supplie.

« S'il vend, où va-t-il habiter ? dit-il en me lâchant.

– À l'étranger. Dans un pays qui n'extrade pas vers l'Inde. »

Il me contemple, l'air égaré. Je lui explique l'extradition.

« À deux semaines des élections ? Impossible ! Lui, un futur ministre ! Tu fumes trop de ganja, Apu !

– Ton maître t'a rendu visite le 30 août en prison, en tête à tête. Sans témoin. »

Il acquiesce, le sourire figé.

« Il t'a dit : "Nous devons absolument éviter une confrontation publique, Koli. Si ta langue fourche ? Ils nous pendront. Mais si nous respectons mon plan à la lettre, nous sauvons nos têtes."

» Il t'a dit encore : "Tu es responsable de tout ! Tu appâtes et tu étrangles les petites, tu les violes avant de les jeter dans l'égout. Invente des trucs horribles pour qu'on te croie fou. Tu baises des cadavres, tu les dévores crus, cuits, aux oignons frits. Moi, devant les juges, je jouerai les victimes, de telles horreurs sous mon toit, en mon absence ! Je vais t'accabler devant les médias, aux assises, mais n'en crois pas un mot, c'est du cinéma ! À la police, aux juges, à tes avocats, aux jurés, répète, sans changer une virgule, mon maître n'a rien à voir dans tous ces crimes, c'est moi et moi seul ! Implore mon pardon. Devant les caméras de la CNN, rampe à mes pieds, cogne-toi le front contre le ciment. N'oublie pas de pleurer, très important, les larmes en gros plan !"

– Et tu lis tout ça en moi ? » articule-t-il, livide. Koli ne pense pas une seconde à s'éponger le visage. Il m'écoute avec une intensité douloureuse, avec sa grosse tête qui ballotte et son regard sombre de murène qui se retire au fond d'orbites graisseuses.

« Tu es responsable de tout ! répète ton maître. De A à Z ! Il te flatte. Tu vas devenir le *serial killer* le plus célèbre de l'Inde. Dans cinq cents ans, on aura oublié Gandhi mais pas Koli ! Ils vont fouiller ton passé. Une enfance misérable au Bengale, un père ivrogne, une mère sorcière, des sœurs putains, des frères criminels. Ils te condamneront à mort, et tes avocats et les psychiatres plaideront la démence. Pulsions meurtrières, un monstre irresponsable. De mon côté, je graisserai les pattes des experts qui inventeront une maladie très rare, direction le service des agités. Tu sauveras ta tête. Tu auras viande, poisson, poulet à chaque repas et une fille docile pour la nuit.

– Continue, grommelle Koli.

– Moi sir Singh, j'en fais le serment. Je prépare discrètement ta sortie.

– Oui, mon maître.

— Bien. J'ai déposé dix millions de roupies sur ton compte en banque. De quoi aider ta femme, tes enfants…

— Trente millions ! corrige Koli d'un ton vif.

— J'ai le dernier relevé de banque qui date d'avant-hier. Vérifie. »

Il m'arrache le feuillet, le lit, incrédule, la bouche ronde, avant de lever vers moi un regard perplexe.

« Mille deux cent quatre-vingt-cinq roupies… » articule-t-il, livide.

La feuille s'échappe de ses doigts.

Il secoue la tête, la mine défaite, me saisit au collet :

« Où sont passés les trente millions promis ? »

Je me dégage avec difficulté.

« Ton maître t'entube et ta famille bouffe des lézards au Bengale ! »

Sa tête retombe lourdement sur sa poitrine… Sa respiration s'accélère… Cette révélation brutale… son maître… Dieu le Père… Il dégrafe son col, la bouche sifflante, un poisson tombé du bocal… les prunelles qui s'éteignent… d'une pâleur…

« Mon maître me versera les trente millions promis !

— Sir Singh est ruiné. C'est dans le *New Delhi Post* d'aujourd'hui. Tiens, lis. »

Il secoue la tête, bras croisés, méprisant.

L'EMPIRE DE SIR MOHINDER PANDHER SINGH S'ÉCROULE. Le politicien bien connu vient de déposer le bilan de ses dix sociétés. Il licencie cinq mille employés, suite à une gestion catastrophique. Cet industriel ruiné est indirectement impliqué dans le plus horrible scandale à avoir bouleversé le pays. L'opposition l'interpelle : quarante crimes sous son toit. Il n'y a pas de fumée sans feu. Le Parti du Congrès s'interroge. Sir Singh est-il le bon cheval, tout compte fait...

Koli serre les poings, les yeux pleins d'eau, incapable de proférer un son.

Je brûle de l'interroger sur Indira et Sati... Plus tard, si j'en ai le temps et le courage...

La tête basse, il fixe le sol qui s'ouvre brusquement sous ses pieds.

« Tout a commencé deux ans plus tôt, au matin du 23 avril 2006.

» Sir Singh me prend à part. "Koli, je suis dans le pétrin. Deepika veut me faire chanter."

» Cette confidence m'a surpris et flatté.

» "Qu'attendez-vous de moi, sir ?

» – Supprime-la, comme un mouton. Je ne veux pas savoir comment. Je me charge de tous les frais."

» Il s'en va passer le week-end à Shrinagar, en famille.

» J'appelle Deepika. "J'ai un bon client pour toi. Un banquier." Une heure plus tard, elle est à la villa, en grand tralala. Parfumée, maquillée, avec ses plus beaux bijoux. Je l'installe au salon, sur le canapé.

» "Où est mon banquier chéri ? roucoule-t-elle.

» – Un empêchement de dernière minute. Mais si tu veux bien, avec moi...

» – Alors, paie trois mille roupies !"

» J'allume la TV, je file à la cuisine préparer le thé. Je reviens par-derrière, à pas de loup, je l'étrangle avec son foulard, et je la viole. Dans la buanderie, je découpe ses membres que j'enferme dans un sac-poubelle. Je traverse la rue, je jette le sac noir dans l'égout. Ensuite, je reviens nettoyer les taches de sang dans le salon, sur le canapé, dans la buanderie. J'enterre sa tête, le buste, les vêtements au fond du jardin. Tout a commencé comme ça…

» Le lundi suivant, mon maître revient de Shrinagar.

» "Vous pouvez dormir tranquille, *sahab*, Deepika ne vous embêtera plus.

» – Bon travail, Koli ! Tiens, dix mille roupies, cadeau !" Il rédige un mot en imitant l'écriture de Deepika, pour les parents :

» *J'ai trouvé un amoureux, je m'en vais, adieu.*

» "Ce n'est pas son écriture !" se plaignent-ils chez Rathore, qui les chasse.

» La vie continue. Après le dîner, *sahab* boit du vin, il me dit : "*Kisi ko bhi kao, koi bhi chalega !* Va me chercher une fille !"

» De derrière la tenture, je l'épie en train de baiser. Ça m'excite drôlement, je bande enfin, un peu, pas trop. Sir Sing a repéré mon manège. Ça doit l'exciter aussi.

» Les filles envolées, il me dit : "Sais-tu ce dont tu as besoin pour retrouver ta virilité ? Tu dois faire l'amour à de très jeunes filles … mortes."

» J'éclate de rire. Mon maître a bu. Les jours suivants, on n'en a plus reparlé. *Sahab* boit beaucoup. Quand son âge lui saute au visage, il boit trop.

» Cette nuit-là, aucune pute sur le périph de Noida. "Ramène-moi une gamine !

» – Quel âge, sir ?

» – Tout est bon !" s'agace-t-il.

» Je marche dans les ruelles de Nithari, je bute sur une petite qui dort sur un carton. Cinq ans, pas plus, le pouce dans la bouche. Je la réveille doucement, elle ouvre les yeux, saisit la sucette que je lui tends. Elle ronronne dans mon cou. Je la ramène à sir Singh, qui l'entraîne là-haut dans sa chambre. Elle hurle, puis plus rien. Je m'endors. Avant l'aube, il me secoue : "Elle est à toi." Il dépose la petite, barbouillée de larmes, les cuisses pleines de sang, sur mon lit. Sale histoire... Dois-je la ramener sur son carton avant le jour ou bien quoi... Mon maître surgit à nouveau, furieux : "Si tu veux rester un bande-mou, c'est ton problème ! Mais débarrasse-moi immédiatement de ÇA !"

» Si je n'obéis pas, il me renvoie. Alors, je fais comme il a dit...

– Continue, Koli.

– Avant cette nuit-là, j'étais à peu près normal. Je suis devenu bizarre, avec des voix dans ma tête. Mais sir Singh savait ce qui était bon et mauvais pour moi. Alors...

» Sir Singh exigeait des petites. Ça le changeait des vieilles peaux que je ramassais avant sur le périph. Ça le rajeunissait et puis c'était gratuit. Ça coûtait, quoi, des bonbons. Je chassais du côté du château d'eau, sur le terrain vague. Maya draguait aussi, moins souvent, au milieu des ordures. Une fois, elle a ramené un petit garçon, le fils de Vikran. À quatre ans, on ressemble à une fille. Sir Singh n'a pas dit non. La prochaine fois, soyez plus vigilants ! Ça ne lui a pas déplu. Mais il préférait les petites… »

La voix de Koli s'effrite. La pluie redouble. On ne s'entend plus. On fume, on évite de se regarder.

« Et la police ?

— Rathore venait souvent à la villa et repartait en titubant, les poches pleines de roupies.

— Qui découpait les corps, Koli ?

— Moi. Et le Dr Naveen Chaudhary, notre voisin, à l'occasion…

— Peux-tu tout raconter au juge ?

— Avant de connaître sir Singh, j'étais un harijan avec des problèmes… normaux… Et un soir, Singh a réveillé mes démons… On en a tous, non ? »

J'acquiesce, la gorge nouée. Dans quelques instants, il va se lever, cogner à la porte. Et il sera trop tard…

« Et Indira ? je murmure.

— Je regrette, Apu… »

La pluie fouette la meurtrière, nous éclabousse.

« Elle n'a pas souffert, petit frère… Je ne savais pas que c'était ta chérie…

— Et vous avez… Singh et toi… je balbutie.

— Elle est… partie… proprement, Apu, il faut me croire. Elle criait trop fort… Singh a pris peur…

J'ai bien été obligé… Tu comprends ? » Puis, devinant mes pensées : « Oui, dans l'égout aussi. »

Je baisse la tête, le menton tremblant contre la poitrine, l'œil sec, au-delà du désespoir. Dans un brouillard, Indira chuchote, nous aurons des enfants aux longues pattes de héron, avec tes maux de tête…

Au prix d'un effort surhumain, je m'entends dire :

« Combien de victimes en tout ?

– Trente-neuf, répond-il sans hésitation.

– Non. Quarante. Tu oublies Sati…

– Pas un cheveu, Apu, sur la tête du Mahatma ! Elle est ressortie par la porte de derrière, pour se rendre à Noida.

– Tu mens !

– C'est la vérité. » Puis, le ton désabusé : « Je n'ai plus rien à perdre, tu sais… »

Il se lève, marche vers la porte, cogne trois coups. Azzam apparaît aussitôt.

« Conduis-moi au juge », gronde Koli en redressant la taille.

Quatre matons armés l'encadrent. Il m'adresse un ultime signe de la main. Il est prêt. Ses moustaches pendent, le pâle reflet de son maître dont les moustaches en croc resplendissent sur des traits aristocratiques, comme le diable sait si bien se déguiser pour accomplir sur terre ses humanités…

Hier après-midi, en descendant du fourgon devant le palais de justice, sir Singh a failli être lynché par la foule en colère.

Devant le juge d'instruction, sale, mal rasé, il répète, hagard, Koli est devenu fou...

Son procès est pour bientôt. Deepak Kumar, son meilleur ami, l'avocat, refuse de le défendre. Les ténors du barreau se désistent.

Koli, amaigri, s'est rasé barbiche et moustaches. Il n'est plus sûr de rien, sauf, oui, de perdre la tête.

Indira me manque tant. Elle a déserté mon épaule pour s'enfuir dans la Voie lactée. J'observe l'astre le plus brillant du balcon. Je lui parle.

J'oubliais, Naveen Chaudhary... Azzam s'est bien occupé de son matricule. Après une garde à vue de dix jours, le directeur de clinique craque. Enfin je le tiens ! jubile Azzam.

Et puis... Azzam a déménagé, du jour au lendemain. Il a quitté son petit appartement au-dessus du musée de Gandhi pour une villa sur les hauteurs de la capitale.

Il n'a pas engagé de chauffeur à casquette plate et gants beurrés. Il préfère conduire lui-même sa Mercedes blanche. Il a été extrêmement peiné quand j'ai refusé de monter dans sa belle auto pour le suivre dans sa villa, au milieu des bougainvillées.

Mais pourquoi ? répétait-il, incrédule.

J'ai le cœur trop gros. Je ne parle plus. Pour dire quoi...

Le Dr Naveen Chaudhary vient de bénéficier d'un non-lieu.

Je dois filer d'ici, cette nuit, demain. Je ne veux pas devenir fou comme les autres. Direction les îles Andaman. Je dois retrouver Bôa, la grand-mère d'Indira, la dernière survivante de la tribu des Sentinel. Elle aura bientôt quatre-vingt-six ans. À cet âge on meurt d'ennui, un bâillement et c'est fini.

Plus une seconde à perdre. Je trouverai son îlot sauvage, loin des voies maritimes, même si je dois fouiller toutes les îles de l'archipel. Je lui montrerai la photo d'Indira. Puis le ciel. Elle comprendra.

Si ses pouvoirs sont magiques, elle la dénichera dans la Voie lactée, pour me la ramener, qui sait.

Ces chamanes accomplissent des miracles. Je ne parle pas son dialecte, mais je garderai sa main, bien au chaud dans la mienne. Elle vivra un jour de plus, une semaine. À cet âge, chaque seconde vaut de l'or.

Maman me manque tant aussi. Je sais qu'un jour, elle reviendra me chercher aux îles Andaman, comme un colis oublié. Cette fois, je lui dirai enfin je t'aime, au lieu de passe-moi le sel.

Ce matin, la nouvelle a éclaté dans les rues de Nithari : une gamine de cinq ans a disparu la nuit dernière.

Mais comme dirait Rudyard Kipling, ça, c'est une autre histoire…

Mise en pages
PCA – 44400 Rezé

Achevé d'imprimer en février 2014
sur les presses de Normandie Roto Impression s.a.s.
61250 Lonrai (Orne)
pour le compte des Éditions Payot & Rivages
106, bd Saint-Germain – 75006 Paris
N° d'imprimeur : 1400554
Dépôt légal : février 2014

Imprimé en France